Mario Calderón

El gran libro de las adivinanzas

Mario Calderón

El gran libro de las adivinanzas
A-H

Quarzo

El gran libro de las adivinanzas. A-H

Quarzo

D. R. © Editorial Lectorum, S. A. de C. V., 2005
Batalla de Casa Blanca, Manzana 147 A, Lote 1621
Col. Leyes de Reforma, 3a. Sección
C. P. 09310, México D. F.
Tel. 5581 3202
www.lectorum.com.mx
ventas@lectorum.com.mx

L. D. Books, Inc.
Miami, Florida
ldbooks@ldbooks.com

Tercera reimpresión: septiembre de 2014
ISBN: 970-732-137-7

Impreso y encuadernado en México.
Printed and bound in Mexico.

A la memoria de Antonio Alcalá Alba

Introducción

En esta introducción veremos a grandes rasgos la esencia de la adivinanza desde diferentes ángulos: su lugar en la cultura, como fenómeno social; su lenguaje, sus temas, sus artificios comunicativos y otros aspectos más. Estas reflexiones responden a una necesidad: estudiar en forma seria este fenómeno folclórico, pues hasta hoy no existe en México ningún estudio sobre el tema, a pesar de que la adivinanza forma parte de los objetivos de programas de muchas instituciones educativas.

El corpus que sirvió de base para las observaciones que se presentan está formado por materiales de antologías y por conversaciones grabadas magnetofónicamente. Los textos escritos proceden de todo el ámbito hispánico; mientras que los de lengua hablada fueron recogidos en diversas regiones de la república mexicana: Morelia, Jalapa, San Luis Potosí, Puebla, Guanajuato y el Distrito Federal.

Como se puede apreciar con una simple hojeada a esta obra, las adivinanzas que hemos recogido son numerosas, lo que nos obligó a publicar dos tomos. Puesto que las hemos ordenado alfabéticamente, el primero va de la A a la H, y el segundo con el resto del alfabeto.

Además analizamos elementos que no aparecen en obras de este tipo; entre esos elementos se cuentan la gran riqueza de significados a los que se refieren las adivinanzas, la diversidad temática y los procedimientos para enviar dos mensajes en uno (doble sentido).

La recolección implicó dos procesos: investigación de campo e investigación bibliográfica. Para las adivinanzas asentadas de forma escrita, nos valimos de las siguientes antologías:

Cotona, Juan de la, *100 adivinanzas picarescas,* Gómez Hermanos Editores, México, 1977.

———, *100 adivinanzas rancheras,* Gómez Hermanos Editores, México, 1976.

Jáuregui, A.L., *Adivinanzas infantiles,* Avante, México, 1978.

Metre, Ladislao, *Las mejores adivinanzas,* Medina Hermanos Editores, México, 1977.

Serradel, Luz María, *Adivina, adivina*, México, 1961.

Adivinanzas para todos, Colección Adelita, Impresos Mexicanos Gmygar, México, 1976.

Beutler, Gisela, *Adivinanzas españolas en México*, Editor Wilhem Laver, Wiesbaden, 1979.

Calderón Hernández, Mario, *Cuentos, refranes, adivinanzas, y palabras de uso común de El Timbinal, Guanajuato,* tesis inédita de licenciatura, México, Facultad de Filosofía y Letras, UNAM, 1982.

Elecar, E. y C. *El libro de las adivinanzas,* Editorial Bell, Buenos Aires, 1973.

El libro de las adivinanzas, Medina Hermanos Editores, México, s.f.

El camino que hemos seguido en este trabajo va de lo general a lo particular; es decir, primero estudiamos el fenómeno externamente; poco a poco penetramos hacia los elementos que lo forman y al final analizamos brevemente las relaciones que se dan entre ellos.

Hemos señalado los aspectos más importantes que forman la adivinanza o se relacionan con ella. El significado, el significante y el valor lingüístico son los tres grandes campos que integran las observaciones que aparecen a lo largo de esta introducción.

Estas reflexiones sobre la adivinanza están ordenadas en apartados. El primero, "Sobre el folclore", muy breve, pretende situar culturalmente el problema. El segundo, "Sobre la adivinanza", recoge las nociones generales sobre el fenómeno; y el tercero, "Análisis de la adivinanza", pone de manifiesto los diversos elementos que usan los hablantes para lograr este fruto de la cultura.

Sobre el folclore

El folclore es una rama de la etnología que nació en el siglo XIX y estudia las diferentes manifestaciones culturales de los pueblos. La adivinanza forma parte de los hechos estudiados por el folclore.

La palabra *folclore* fue usada por primera vez por John Thoms en Londres, en 1846. El término proviene de dos palabras anglosajonas: *folk* (del pueblo) y *lore* (saber). *Pueblo* es el grupo de individuos que de una u otra forma ponen en práctica tal saber creándolo, conservándolo o transmitiéndolo.

La definición más amplia de *lore* es el saber tradicional, o sea, los conocimientos que se transmiten de generación en generación. Es el saber que se encuentra más puro, variado y vigoroso en los medios suburbanos, donde es más débil la influencia de la cultura oficial; pero posiblemente la diferencia principal que se puede establecer entre el *lore y* el conocimiento científico, es que *lore* no consta de palabras cultas o ideas demasiado complejas, sino de ideas simples; su empleo es más automático y emotivo que puramente racional. El material folclórico es revitalizado constantemente y, como todo lo que acontece, evoluciona en sus dos aspectos: conservación de lo esencial y variación de lo secundario de acuerdo con las circunstancias.

Clasificación

Entonces, *folclore* es propiamente lo que sabe el pueblo, no sólo lo que sabe contar y cantar, sino también lo que piensa, sus usos y costumbres; es decir, que podríamos hablar de un folclore puramente conceptual, otro que aparece aplicado y el folclore artístico.

Dentro del folclore puramente conceptual está lo que Concepción Teresa Alzola llama folclore teórico, técnico, filosófico, místico y religioso,[1] que es el saber del pueblo sobre astronomía, botánica, zoología, medicina, agronomía; las ideas sobre lo que es virtud, fidelidad, muerte, creencias y supersticiones.

Dentro del folclore que solamente aparece aplicado, está el llamado *folkliv*,[2] que son los usos y costumbres mortuorios, natales, nupciales y los que se refieren a la vivienda, alimentación, trajes, mobiliario, comercio, medios de transporte, vida familiar, derecho popular, etcétera.

En el folclore artístico se incluyen las artesanías, la danza, los juegos infantiles y el *folk-literature*:[3] mitos, leyendas, cuentos, poesía, refranes, adivinanzas, canciones, etcétera.

El folclore es el saber del pueblo: las ideas, creencias y costumbres de que se ocupa se llaman *pervivencias*. A su vez, "el estudio de las llamadas pervivencias es una de las ramas más importantes de la Antropología".[4]

Se ha visto que el saber del pueblo nutre a la ciencia y a la cultura oficiales. Esto ocurre con mayor frecuencia en la Medicina y en la literatura.

Para que un elemento, por ejemplo una adivinanza, pueda ser considerado dentro del *folk-literature* "tiene que ser, según los especialistas: tradicional, anónimo, popular, funcional, plástico y ubicable".[5]

1) Es tradicional cuando se ha transmitido por varias generaciones de padres a hijos o de grupo a grupo en forma oral o de imitación. Cuando ya interviene el libro y la escuela, lo que se transmite es la cultura oficial: "es oficial todo lo que viene de la autoridad civil o religiosa, y en particular todo lo que se enseña en la escuela y el catecismo".[6] Es necesario aclarar también que las frases que se rotulan, por ejemplo, en los camiones ("Dios es mi camino", "Lupita... siempre estás conmigo") no pertenecen al folclore porque no se transmiten por varias generaciones.

2) Es anónimo cuando se desconoce y no interesa el nombre del autor.

3) Es popular cuando se trata de un elemento del patrimonio colectivo. Todos lo conocen, lo disfrutan y se emocionan con y por él.

4) Es plástico cuando es capaz de sufrir variaciones o modificaciones; de ofrecer *variantes*.

5) Ser ubicable significa que cualquier elemento realmente folclórico debe ubicarse y pertenecer a una región, a un grupo social y a un intervalo de tiempo que señala la duración y en parte su valor histórico.

6) Si es funcional entonces tiene uso, vigencia, finalidad. Responde a necesidades que deben satisfacerse.

Funciones que cumple

Respecto a la funcionalidad del folclore, el sociólogo Lucio Mendieta y Núñez, citando a otros estudiosos, afirma que, desde el punto de vista social, "el folclore debe tener las siguientes funciones: conservadora, ética, patriótica, estética, de diferenciación, de unificación, económica y mantenedora de la distancia social".[7]

a) Función conservadora. Consiste en la recolección de los acontecimientos del pasado para revivirlos en el presente.

b) Función ética. Se refiere al hecho de que todo el material del folclore constituya un freno a la complicada vida moderna y un llamado al retorno a la sencillez de la vida primitiva.

c) Función patriótica. El folclore desempeña esta función porque despierta el amor al grupo propio, a la propia tierra, pues la continuidad de usos y costumbres liga al hombre a su suelo y a todo el pasado de su raza.

d) Función estética. Resulta del deleite que produce y es considerado como una muestra plástica y palpable del arte de cada región.

e) Función diferenciadora. Porque es la expresión de la vida de cada grupo social y distingue a un grupo de otro; mientras que la cultura oficial o el conocimiento científico tiene una finalidad igualitaria entre los diversos grupos.

f)Función unificadora. Esta función une a los miembros del grupo. El hombre se identifica con sus semejantes en sus costumbres, ideas y sentimientos, y se distingue de los individuos de otros grupos sociales que no coinciden en tales características.

g) Función económica. Es consecuencia de que la producción trata siempre de satisfacer las necesidades sociales, y éstas, en buena parte, surgen de hábitos y costumbres en relación con los alimentos, los vestidos y los objetos de carácter folclórico.

h) Función mantenedora de la distancia social. Representa un factor de separación entre las clases sociales.

Sin embargo, los trabajos sobre el folclore de los pueblos distan mucho de haber estudiado todos estos aspectos; por el contrario, en muchos casos se reducen a simples recolecciones de material.

NOTAS

1. Concepción Teresa Alzola, *Del folklore del niño cubano,* tomo 1, Universidad Central de Las Villas, Santa Clara, 1961, pág. 11.

2. Mercedes Díaz Roig, *El romancero y la lírica popular moderna,* El Colegio de México, México, 1976, pág. 3.

3. *Ibidem.*

4. J. Imbelloni, *Folklore argentino,* Nova, Buenos Aires, s.f., pág. 40.

5. Manuel F. Zárate, *Breviario del folklore,* Departamento de Bellas Artes y Publicaciones del Ministerio de Educación, Panamá, 1958, pág. 32.

6. Alzola, *op. cit.*, pág. 13.

7. Lucio Mendieta y Núñez, *Valor sociológico del folklore y otros ensayos,* UNAM, México, 1949.

8. Zárate, *op. cit.*, pág. 56.

Sobre la adivinanza

Adivinanza, según el *Diccionario de la Lengua Española* de la Real Academia, es un acertijo. *Acertijo*: "Enigma o adivinanza que se propone como pasatiempo".

La definición destaca la idea de pasatiempo, entretenimiento, juego. En efecto, la adivinanza, por tradición, ha sido un juego intelectual que practica el pueblo y constituye, junto con el cuento popular, una de las escasas diversiones entre los hablantes de los lugares a donde, por diversas razones, todavía no llega la radio y la televisión.

Por una arraigada costumbre, los campesinos se reúnen, generalmente por las noches, con los miembros de la familia o con los amigos para divertirse preguntando adivinanzas. Los obreros y oficinistas frecuentemente disfrutan también contándose acertijos o los "colmos", que en realidad son adivinanzas modernas. Y los maestros en las escuelas primarias tienen sesiones dedicadas a divertir y educar a los niños con adivinanzas. Incluso, como demostraré más adelante, a veces el hombre divierte y provoca la tentación erótica de la mujer mediante el recurso de la adivinanza. Sin embargo, la costumbre de "contar adivinanzas" se va perdiendo: "Desgraciadamente, en estos tiempos modernos se han perdido varios pasatiempos que nuestros antepasados practicaban, tales como reuniones literarias, las veladas musicales y la tan amena y simpática de descifrar enigmas y adivinanzas".[1]

Por otra parte, los estudios sobre la adivinanza son escasos y por esto no abundan las observaciones minuciosas. En general los especialistas se refieren a ella sólo en su aspecto conceptual:

> Si hubiéramos de definirla, no hallaríamos palabras más justas que las del ilustre Giuseppe Pitré: adivinanza es un rodeo de palabras en el que va comprendido o supuesto algo que no se dice o una descripción ingeniosa o aguda de lo mismo, mediante cualidades o caracteres generales que se pueden atribuir a otras cosas que tienen semejanza o analogía. Esta descripción es siempre vaga, tan vaga que aquél a quien se le propone su solución corre con la mente a éste o a aquel significado, inseguro del desenlace por hallar. A veces se esconde en el velamen de una alegoría lejana y bajo imágenes bellas.[2]

La adivinanza o el enigma es un juego que a la vez es un género del folclore. Andrés Jolles clasifica y explica los géneros literarios actuales como derivaciones de las formas del folclore: el enigma, el proverbio, el mito, el cuento de hadas, etcétera. Estos géneros, según él, son extensiones de las formas lingüísticas que se transforman en elementos básicos de la "gran" literatura.[3]

Origen y clasificación

La adivinanza procede del epigrama griego, pues tanto la adivinanza popular como el enigma culto se constituyen sobre la riqueza de la invención, la versatilidad y la colocación de imágenes y comparaciones a manera de viñetas, como en el epigrama griego. Por eso resulta significativo que los tratadistas y poetas del renacimiento clasificaran el epigrama y el enigma como una misma forma literaria. Julio César Scaligero, por ejemplo, en sus *Poetices libri septem* de 1561, incluye el enigma dentro del capítulo sobre el epigrama.[4]

Muchas adivinanzas encontradas en México son de origen español, así lo afirma Rubén M. Campos[5] y lo comprueba Gisela Beutler. Dice esta autora que en su labor de campo encontró varias en lengua indígena, pero que eran traducciones de otras españolas.[6] Se puede decir, sin embargo, que aunque la adivinanza nos haya llegado de España, se sigue generando en México, pues existen algunas sobre utensilios indígenas como el *metate*.

Desde el punto de vista lingüístico, la adivinanza es un fenómeno digno de atención, porque, por su naturaleza, contiene la descripción semántica de una persona, animal o cosa, para que una segunda persona confirme su nombre. Por eso, se puede argumentar que la adivinanza es un juego que se fundamenta en la arbitrariedad del signo lingüístico, pues al constituirse mediante la descripción del objeto problema, se comprueba el acuerdo tácito de los hablantes de una lengua para denominar un objeto o significado con un mismo significante.[7]

Sin embargo, éste es sólo uno de los aspectos que caracterizan a las adivinanzas, pues existen otros. Pueden clasificarse en tres tipos.

Adivinanzas de significado, adivinanzas de significante y adivinanzas de significado y de significante.

Veámoslas con detalle:

a) Las adivinanzas de significado muestran solamente datos para deducir una idea que corresponde a un animal o a un objeto. Ejemplos:

Soy largo como un machete,
verde como un limón,
si me miras por dentro
estoy blanco como el algodón.
Respuesta: El plátano.

En alto vive,
en alto mora,
en alto teje
la tejedora.
Respuesta: La araña.

b) La adivinanza de significante no proporciona detalles para que se deduzca una idea, un objeto o un animal, sino que es un juego de palabras sólo útil para confundir. Se dan partes de la palabra buscada que están contenidas en distintos términos lingüísticos, generalmente cercanos. En la mayoría de los casos, el término lingüístico que representa la solución no corresponde ortográfica pero sí fonéticamente con la palabra original que es la respuesta. Ejemplos:

Yo *vi sent*enciar a un hombre
*para mo*rir una vez,
primero dije su nombre
y el apellido después.
Respuesta: Vicente Páramo.

En *agua* puse mi nombre,
en *agua* se me quedó
para que *cate* no sepa
cómo me llamo yo.
Respuesta: El aguacate.

En un cuarto muy oscuro
vivían un vivo y un muerto;
el muerto le dijo al vivo:
—¿Quieres tortillas *duras*?
y el vivo dijo: —*¿Duras? No.*
Respuesta: El durazno.

c) Las adivinanzas de significado-significante son las mejores, las más completas; pero también son las más escasas. En ellas se dan elementos para deducir un significado u objeto; pero también se menciona, toda o en partes, la palabra en cuestión. Ejemplos:

Dulce, blanca y amarilla
a todito el mundo agrado;
si quieres saber quién soy
espera y ponte abusado.
Respuesta: La pera.

Ves, que conmigo
todo está seguro;
ya ves, que sin mí
pasas grande apuro;
dime lo que soy,
si es que no eres burro.
Respuesta: Las llaves.

Existen adivinanzas de significado que muestran rasgos, detalles o temas de uno o de varios, hasta cuatro signos lingüísticos. Ejemplos:

Arca cerrada de buen parecer
que no hay carpintero que la sepa hacer.
Respuesta: La nuez.

De dos signos lingüísticos:

Tontolón está colgando
tintilín lo está mirando
si tontolón se cayera
tintilín se lo comiera.
Respuesta: El gato y la carne.

De tres signos lingüísticos:

En el patio de mi casa tengo un árbol
con doce ramas; cada rama con su nido,
cada nido con su huevo, cada huevo
con su nombre, adivíname si eres hombre.
Respuesta: El año, los meses y, los días.

De cuatro signos lingüísticos:

Dos peludos,
un pelao,
un picaculo
y un arrastrao.

Respuesta: Los dos peludos son los bueyes; el pelao es el hombre, el picaculo es la garrocha y el arrastrao es el arado.

Enigma

Se considera casi siempre a la adivinanza y al enigma como una misma forma de creación; sin embargo, nos parece que la adivinanza se debe clasificar como una manifestación de tipo popular, folclórico y el enigma como una forma de ficción culta.

La adivinanza cumple con las funciones de diferenciar a un grupo social de otro, de propiciar el amor del hombre a su propia sociedad porque divierte, enseña, etcétera; posee además todos los atributos del folclore literario: tradicionalismo, popularidad, anonimato, plasticidad, valor estético y su contenido refleja los usos, costumbres e ideas del pueblo.

El enigma no es anónimo, se transmite exclusivamente en forma escrita por medio de colecciones y, en la mayoría de los casos, carece de la gracia y del ingenio popular. Además fue cultivado por los escritores clásicos griegos y latinos.

En México aparece el enigma desde la literatura colonial: Francisco Cervantes de Salazar en su obra *Los diálogos latinos*, al comentar la belleza de la Nueva España, muestra la siguiente conversación entre sus personajes: "¿Pero cómo es eso que caminan sobre el agua unas canoas también llenas de agua? Enigma es digno de Edipo."

Otro de los personajes —Zamora— responde: "Davo le adivinará que no es necesario Edipo. El agua en que navegan las canoas no es potable: la que ellas llevan sale de la fuente, y por un gran canal de madera, como pronto vas a verlo, cae de lo alto con gran estruendo sobre las canoas que se ponen debajo".[8]

También Sor Juana Inés de la Cruz en su "Romance a

San José" presenta la paráfrasis de un enigma. En él se muestra ingeniosamente una complicada situación familiar:

> Escuchen qué cosa y cosa
> tan maravillosa, aquesta:
> un marido sin mujer;
> y una casada doncella.
> Un padre que no ha engendrado
> a un hijo, a quien otro engendra;
> un hijo mayor que el padre,
> v un casado con pureza.
> Un hombre que da alimentos
> al mismo que lo alimenta;
> cría al que lo crió, y al mismo
> que lo sustenta, sustenta.
> (...)
> Al final se da la solución:
> y es, en fin de María esposo,
> y de Dios padre en la tierra.[9]

El acróstico, el corrido y el cuento

El enigma o la adivinanza se relaciona con otra forma poética: el acróstico, porque aunque éste tenga un carácter laudatorio y aquélla regocijo e incertidumbre frente a la palabra, las dos composiciones son de naturaleza lúdico-lingüística. En las dos formas se fragmenta el signo lingüístico para jugar con él. En la adivinanza se descompone el significante en trozos, se desmenuza el significado en rasgos o semas o, como ya se expuso, ocurren ambos fenómenos; en cambio, en el acróstico, a través del significante se desmembra un signo lingüístico para proponer un significado más abundante. Así resulta que todo el poema o acróstico se convierte en un solo signo lingüístico.

El arraigo popular de la adivinanza influye de manera decisiva para que ésta empariente, por su estructura, con otras formas del *folk-literature*. Por ejemplo, se relaciona con el corrido porque, a veces, adopta el aspecto de lírica narrativa, en lugar de su peculiar forma descriptiva. Ejemplo de adivinanzas con características de corrido, métrica de octosílabos y carácter narrativo:

En medio de un cerrito
bajaron a un catrín,
su sangre quedó estampada
y su cuerpo como un violín.
Respuesta: El cohete.

En otras ocasiones, la adivinanza carece de medida regular e incluye diálogos en su estructura: se confunde con el cuento popular:

Fui a la plaza,
toqué una puerta;
salió el perrito,
me dijo: *gua, gua*;
que salió la criada
y me dijo: allá va.
Respuesta: La guayaba

NOTAS

1 Ladislao Metre, *Libro de las mejores adivinanzas,* Medina Hermanos, S.A., México, 1977, pág. 3.

2 E. y C. Elecar, *El libro de las adivinanzas*, Bell, S.A., Buenos Aires, 1973, pág. 6.

3 Oswald Ducrot y Tzvetan Todorov, *Diccionario enciclopédico de las ciencias del lenguaje,* 8ª. edición, Siglo Veintiuno editores, México, 1983, págs. 184-185.

4 Gisela Beutler, "Enigmas y adivinanzas" en *Homenaje a Fernando Antonio Martínez,* Estudios de Lingüística, Filología e Historia Cultural, Publicaciones del Instituto Caro y Cuervo XVIII, Bogotá, 1979, pág. 247.

5 Rubén M. Campos, *El folklore literario de México*, SEP, 1929, pág. 193.

6 Gisela Beutler, *Adivinanzas españolas en México,* editor Wilhem Laver, Wiesbaden, 1979, pág. 9.

7 Mario Calderón, "Adivinanzas encontradas en El Timbinal, Guanajuato", en *La revista del Colegio de Bachilleres* (abril-junio), 1981, núm. 9. págs. 129-130.

8 Francisco Cervantes de Salazar, *Túmulo Imperial*, Porrúa, México, 1963, págs. 49-50.

9 Sor Juana Inés de la Cruz, *Obras completas*, vol. 1, Lírica personal, FCE, México, 1951, págs. 164-165.

Análisis de la adivinanza

Lenguaje y estilo

Desde el punto de vista semántico, se puede afirmar que en la adivinanza se da un lenguaje polisémico, es decir que se presta a varias interpretaciones. Esta característica del lenguaje de la adivinanza le da calidad estética. Retóricamente, hay una tendencia al rodeo verbal, a la paráfrasis, y muy frecuentemente se constituye la significación con base en la antítesis o el contraste. A continuación algunos ejemplos de adivinanzas que contienen este fenómeno:

> Tiene dientes y no come
> tiene barbas y no es hombre.
> *Respuesta: El elote.*

> Canta, pero no en la misa
> tiene corona y no es rey,
> tiene espuelas, no es jinete,
> puedes decirme ¿quién es?
> *Respuesta: El gallo.*

Fernando Lázaro Carreter, un estudioso de la lengua, considera que, desde el punto de vista de la retórica, el enigma o la adivinanza es una *alegoría*. Afirma que:

Es un procedimiento retórico mediante el cual se expresa un pensamiento, traduciéndolo a imágenes poéticas, de tal suerte que entre los elementos de la rama "real" y de la imaginativa, existe correspondencia. Ordinariamente, se parte de una comparación o de una metáfora. Cuando la correspondencia entre la imagen con sus notas y el término real con las suyas, no se percibe con claridad, se produce el enigma: "en la redonda / encrucijada / seis doncellas / bailan / tres de carne / y tres de plata. / Los sueños de ayer las buscan / pero las tiene abrazadas / un Polifemo de oro (=la guitarra) (García Lorca).[1]

El lenguaje literario de las adivinanzas coleccionadas en este obra es muy rico. Muestra todo tipo de recursos estilísticos. A saber: la comparación, la metáfora, la metonimia, la jitanjáfora, la onomatopeya, etcétera.

La comparación es el recurso que aparece con mayor frecuencia. Estos son algunos ejemplos:

Blanco salí de mi casa
en el campo enverdecí
y al volver a mi casa
entré como salí.
Respuesta: El maíz.

Soy largo como un machete
verde como un limón
si me miras por dentro
estoy blanco como el algodón:
Respuesta: El plátano.

La metáfora es un recurso casi indispensable en la estructura del contenido. Resulta de la similitud de sentido entre un concepto callado y otro expreso. Dicha similitud puede ser de forma, de función, de acción...:[2]

Entre dos vivos
levantan un muerto
con la túnica blanca
y el corazón hosco.
Respuesta: El cigarro.

La metonimia también se encuentra muy frecuentemente describiendo el todo por la parte: Ejemplo:

Coloradito dice la perra
coloradito lleno de tierra.
Respuesta: El camote.

Palabras carentes de sentido, pero que constituyen una bella musicalidad, forman la jitanjáfora, concepto que inventó Alfonso Reyes.[3] Ejemplo:

Lingo lilingo por los rincones
tú de puntitas y yo de talones.
Respuesta: La escoba

La onomatopeya o imitación de un ruido:

Traca, traca
tras de la petaca.
Respuesta: El ratón.

A pesar de la gran riqueza del lenguaje connotativo de la adivinanza popular, ésta no puede considerarse como literatura, porque es parte del folclore, es decir, es una muestra de arte anónimo, popular, tradicional, plástico y su contenido no pertenece a la cultura o al saber oficial.

La adivinanza es también un fenómeno lingüístico digno de estudio, porque encierra, entre otros muchos, uno de los procedimientos de creación semántica más originales: la migración o transferencia de sentido, lo cual consiste en designar un concepto por un nombre que pertenece a otro; mueve a ello la similitud de forma, de color o de función existente entre ambos objetos. Un ejemplo puede ser la palabra *caballo* de la adivinanza siguiente, que en lenguaje vulgar de algunas regiones de México, posiblemente por la aparición de esta adivinanza, significa "toalla sanitaria" de la mujer: "¿Cuál yerba es la mejor para los caballos?" Respuesta: El algodón.

Inicio, cuerpo y final

Existen fórmulas para el inicio y para el final de las adivinanzas. Algunas tienen únicamente las primeras, otras, sólo las segundas, pero la mayoría de las adivinanzas no se sujeta a ellas.

Las fórmulas de inició suelen ser la mención de algún color o las frases: "adivina adivinador», «¿qué es...?», «fui a», «maravilla maravilla"...

Ejemplo de adivinanzas con un color como fórmula de inicio:

Verde en el bosque,
negro en la plaza,
y coloradito
si estoy en casa.
Respuesta: El carbón.

Ejemplo de adivinanzas con la fórmula "adivina adivinador":

Adivina adivinador:
¿cuál es el ave que vuela mejor?
Respuesta: El pensamiento.

Ejemplo de adivinanzas con la fórmula "¿qué es...?":

¿Qué es, qué es,
que te quita el sombrero
y no lo ves?
Respuesta: El viento.

Ejemplo de adivinanzas con la fórmula "fui a":

Fui a la plaza
y traje ellas;
llegué a la casa
y lloré con ellas.
Respuesta: Las cebollas.

Ejemplo de adivinanzas con la fórmula "maravilla, maravilla":

Maravilla, maravilla,
¿qué puede maravillar
un músico cantando
que su muerte va buscando?
Respuesta: El mosquito.

Existen también fórmulas de terminación; pero éstas aparecen únicamente en un número muy reducido de adivinanzas. Esas fórmulas hacen siempre alusión a la dificultad de resolver el enigma. Algunas son las siguientes: "el que no me la adivine, será burro macetón", "si no me la adivinas, te doy un coscorrón", "si no me la adivinas, te rompo la jeta", "el que no me la adivine será un gran salvaje", "no me la adivinas ni en toda la noche", "el que adivine será para él".

En el *cuerpo* de la adivinanza, cuando se trata de adivinanzas de significado, regularmente se describen objetos, animales o conceptos de la realidad cotidiana por el uso, la forma, el color o el material de que están constituidos; técnicamente se denominan *semas* los indicios o detalles que se muestran para que se deduzca un significado. Por ejemplo, en la adivinanza siguiente se muestran *semas* de color, forma y uso:

Blanca salí de mi casa,
en el campo me hice bola,
para poderme traer
me trajeron de la cola.
Respuesta: La calabaza.

Semas de color y de espacio: "Blanca salí de mi casa";

de forma y espacio: "En el campo me hice bola", y de uso o costumbre y de espacio: "para poderme traer me trajeron de la cola".

Las adivinanzas con doble sentido

Las adivinanzas son hechas, como ya se dijo, con la finalidad de divertir y enseñar; algunas que parecen tener únicamente el objetivo de divertir, se pueden clasificar en inocentes y eufemísticas. Estas últimas contienen términos tabúes.

Un gran número de ellas posee un contenido morboso, pues generalmente ocultan un término tabú. Casi siempre están expresadas mediante eufemismos burlones. Sin embargo, su intento, consciente o inconsciente, es evitar el concepto que produce vergüenza. La pronunciación de estos términos es vergonzosa para la gente. El eufemismo aparece cuando es necesario disfrazar un concepto tabú comunicándolo indirectamente por medio de un término o una expresión positiva o neutral.[4]

En las adivinanzas con tabú de índole sexual, se advierte, además de la utilidad de la diversión, su uso como recurso para seducir; esto se demuestra con el hecho de que la mayoría está redactada en segunda persona y con el detalle de que la temática de esta clase de textos tiene relación, casi siempre, con objetos o animales que tradicionalmente pertenecen al mundo cercano de la mujer: los aretes, el cántaro, la bolsa, el collar, el zapato, etcétera.

Los principales temas tabúes son el coito, los órganos excretorio-sexuales y la muerte.

Ejemplos de adivinanzas con el tabú del coito:

La mujer, para ser mujer,
debe dejarse romper.
Que entre lo duro a lo blando
y queden las bolas colgando.
Respuesta: El arete.

Se juntan pelos con pelos
y el pelón se queda dentro.
Respuesta: El ojo.

Ejemplos de adivinanzas con el tabú de los órganos excretorio-sexuales:

Tengo un palito
con sombrerito.
Respuesta: El hongo.

Lo meto seco,
lo saco mojado,
lo pongo en el suelo
y se queda parado.
Respuesta: El cántaro.

Vengo de donde vengo;
sácame la camisa
y chúpame lo que tengo.
Respuesta: El mango.

Es necesario aclarar que las adivinanzas que contienen tabúes sólo se encuentran en los trabajos o colecciones que se han hecho en México; en las compilaciones latinoamericanas, a pesar de contener adivinanzas populares, no aparece ningún ejemplo.

NOTAS

1. Fernando Lázaro Carreter, *Diccionario de términos filológicos*, Biblioteca Románica Hispánica, Gredos, Madrid, 1977, págs. 34-35.

2. Francisco Montes de Oca, *Teoría y técnicas de la literatura*, 8a. edición, Porrúa, México 1983, págs. 50-51.

3. Lázaro Carreter, *op. cit.*, pág. 252.

4. Larry Grimes, *El tabú lingüístico*, tesis para el doctorado en Lingüística Hispánica en el Centro de Estudios Lingüísticos y Literarios, Colegio de México, México, 1971, pág. 73.

A

A ARTEL

1) Sin ser padre de Adán,
principio y fin del alma he
sido; en medio del mar me
hallo metida y al fin de la
tierra suena mi sonido.

2) En medio del mar estoy,
no tengo padre ni madre,
mi familia es numerosa.

3) En medio del mar estoy,
y sin ser faro ni roca, y sin ser
faro ni foca,
adivinen, pues, quién soy.

4) A orillas del agua me
arriman, en medio del
mar me ponen,
en la agonía me hallo
llorando mi desconsuelo,
al ver que no puedo entrar
en el reino de los cielos.

5) En medio del mar estoy,
no soy astro ni estrella,
ni tampoco cosa bella,
adivina lo que soy.

6) En el cielo no la hubo,
en el mundo no se halló
Dios, con ser Dios no la tuvo,
y a un pastor se la dio.

7) En la tierra hay una,
en la luna hay una
y en el cielo ninguna.

8) A la orilla del arroyo,
y en medio del mar estoy,
y es cierto que al agua doy
mi más decidido apoyo;
y aunque a la roca me voy,
sabe que roca no soy.

9) Soy la primera en amor
y la última en esperanza,
dos puestos tengo en la panza
y dos en el asador.
No me hallo en el comedor,
mas me encuentro en la cocina;
dos veces voy en madrina,
soy el principio de Arrieta,
y concluyo en la retreta
y finalizo en la China.

10) En los altares me adoran,
en el agua me bendicen
y todos los sabios dicen:
soy la primera entre todas.

11) En medio del mar estoy,
no soy ni buque ni vela,
y si vas al arsenal,
me encontrarás la primera.

OCINABA

1) Las manitas más suaves
de las damas distinguidas,
le dan sendas movidas
adoptando aires graves.
Cuando ellas tienen calor,
él las refresca al instante
poniéndole por delante
y moviéndole con fervor.

2) En la mano de las damas
casi siempre estoy metido,
unas veces estirado,
otras veces encogido.

3) Soy un alguacil de las
damas y ministro singular;
ando cargado de varas
sin prender ni castigar.

4) Aunque no soy animal,
cual ellos tengo costillas,
que muevo con gran afán
dentro de ropas muy finas.
De las damas en las manos,
cuando voy, contento vivo,
a veces muy estirado
y a veces muy encogido.

5) De pergaminos, o sedas,
o papel, hechos estamos,
en verano gusto damos,
las manos no han de estar
quietas si es que nuestro
oficio usamos.

6) Cinco maromas
son las que atraviesan
el cielo y la tierra
y llegan a Dios
con sus veinte compañeras.

OLOSABA

1) Haba comí,
sólo la acabé.

OIRADECEBA

1) Esme el mundo buen testigo

de que dividido en partes,
aunque junto nada digo,
enseño al hombre las artes,
si trata mucho conmigo.

AJEBA

1) De flor en flor va libando
muy contenta dulce miel;
y apresurada la lleva
a su panal a esconder.

2) Voy zumbando muy
contenta y libando en cada
flor, mi casa es un panalito
que te da miel con amor.

3) Soy parda y chiquita,
soy muy laboriosa;
soy yo quien fabrica
la miel tan sabrosa.

4) Voy zumbando alegremente
cuando vuelo en el jardín.
Tengo miel en mis panales,
que lo harán a usted feliz.

5) Con tanta falda la copa,
con tantas cadenas de oro,
siendo tan brava la vaca
no tiene el aspa del toro.

6) Dime quién será un soldado
tan poco animoso y fuerte
que viene con lanza armado
y si al contrario ha pasado,
él mismo se da la muerte.

7) Pobre me echó Dios al mundo,
sin plata ni qué tener.
Me quitan el alimento
y me dejan padecer.

8) Águila que andas volando,
sin alma y sin corazón,
a los vivos les das vida,
y a los muertos salvación.

9) Con el fondillo, ¡arde!
Pero, ¡qué miel tan padre!

10) Vuelo en el jardín;
saludo a las flores
y ellas me regalan
con mieles y polen.

11) Mi casita es de cera
y en ella guardo miel
para darla a los niños
que se portan bien.

12) Áurea chispa zumbadora
que danzas en mi vergel,
sorbe el néctar de mis flores

y transforma el dulce jugo
en el oro de tu miel.

SAJEBA

1) ¿Cuál es la comunidad
que sin regla expresa vive,
y notable utilidad
de sus trabajos recibe
ella, con la humanidad?

2) Por los aires voy volando
sin plumas ni corazón;
al vivo le doy sustento
y al muerto consolación.

LEBA

1) De ver enterrar a un hombre
todo el mundo se admiró,
pues nació antes que su madre
y su madre no nació,
y su abuela estaba virgen
cuando el nieto se enterró.

LIRBA

1) Se fue ya el mes de marzo,
mi hermano tan querido;
y traigo muchas flores
y traigo muchos trinos.
Soy un mes muy hermoso,
un mes encantador.
Después llegará mayo,
con días de gran calor.
¿Quién soy?

2) Es el mes que le sigue
al de marzo; es el mes más
hermoso y gentil.
Está lleno de flores y pájaros,
que engalanan el bello pensil.

SOJO SOL RIRBA

1) ¿Qué es lo primero que
se hace al despertar?

OJORBA

1) En aquel monte escabroso
me dijeron que abra el ojo.

2) Me agrada tu compañía
y donde puedo me prendo;
aunque no te cause gusto,
pegado a ti voy y vengo.

ETIECA

1) Nació dentro de olivares,
salió de él su verdor,
gruñe mucho con calor,
si se envicia da pesares,
y mancilla a su señor.

ANUTIECA

1) Blanco fue mi nacimiento,
después de verde vestí;
y ahora que soy de luto,
hasta me aprecian a mí.

2) Blanco fue mi nacimiento,
amarilla fue mi niñez,
en el campo me crié
por mi mala desventura;
luzco negra vestidura,
un ciego me da tormento,
del fuego y del elemento
saca de mí la ventura.

3) Verdes fueron mis principios
y de luto me vestí
y ahora que estoy de negro
hacen justicia de mí.

4) ¿Quiénes son aquéllas tan favorecidas que en cena se
tiene con ellas tal ley,
que en fin se presentan en
mesa de rey y de otras
personas en mucho tenidas?

5) Verde fue mi nacimiento
y de luto me vestí,
y por darle gusto al mundo
el tormento padecí.

6) Tengo esférica figura,
y a las veces prolongada,
mi amargor la industria cura,
y cualquier persona honrada
me compra, busca y procura.

NÓEDROCA

1) El mozo tiene sentada
a su amante en las rodillas...
que ríe a carcajadas
cuando le hace cosquillas.

NÁDA

1) ¿Qué hombre se concibió
por obra del Padre Eterno,
siendo como yo terreno,
sin ser obra de varón,
y no es Jesús Nazareno?

2) No tuvo padre ni madre,
nació siendo ya hombre,
tiene muchos parientes
y es bien sabido su nombre.

3) El todo es muy poca cosa;
pero, leído al revés,
es un hombre muy antiguo:
adivina pues lo que es.

RODALIFA

1) Se anuncia pitando,
parado lo está meneando,
parado lo está afilando,
parado lo está mojando,
y parado lo está limando.

ACIRFÁ (NE)

1) En qué parte la mujer
tiene el pelo ensortijado,
más corto y más apretado,
digan si pueden saber...
Algunos pensaron mal,
pues eso es lo natural,
algunos pensaron bien,
pues es natural también.

2) ¡Adivínalo antes de darte!
y dime pronto, sin alarmarte:
¿En qué parte tienen las
damas el pelo chino, prieto,
fino y cochino?
¡No vayas a equivocarte,
porque me pongo mohíno!

OTISNÁRT ED ETNEGA

1) Marcando "alto" o "'siga"
tú lo puedes ver;
está en los cruceros,
¿sabes quién es?

AUGA

1) A veces vengo del cielo,
y otras de la tierra,
y hago grandes beneficios
sin distinción por doquiera.
No hay nada que tenga vida
que a mí la vida no deba,
y sin mi obra generosa
nada en el mundo existiera.

2) ¿Qué cosa es
lo que corre
y no tiene pies?

3) ¿Qué espejo aquel puede ser
que aunque le des mil porrazos
no lo harás jamás pedazos,
imposible de prender, aunque
le armes muchos brazos?

4) En la ventana soy niña,
en el estrado, señora,
en la mesa, cortesana
y en el campo, labradora.

5) Soy de grande utilidad
a pobres y potentados,
y aunque me hallo en tres
sólo soy una verdad.
No puede la humanidad
prescindir de mis servicios
y aunque cáusole perjuicios
considerables a veces,
se los resarzo con creces
y pago con beneficios.

6) Soy cristalina, quito la sed,
con una poquita
que beba usted.

OGEUF Y AUGA

1) Dos cosas estando juntas
pelean hasta morir,
pero ambas las precisamos
cada día para vivir.

2) Enemigos a morir,
juntos no pueden estar,
mientras uno ansía vivir
la otra lo quiere apagar.

AIVULL ED AUGA

1) Caigo de la altura
donde el sol me sube
transformada en pura
vaporosa nube.
Por unos odiada,
por otros querida;
por unos amada
y otros maldecida.
Sirvo de alimento
y hago los colores
en el firmamento
cual si fueran flores...

AREDAGER ED AUGA

1) Encerrada en un bote con agujeritos, voy regando a las plantas poco a poquito.

ETACAUGA

1) En agua puse mi nombre,

en agua se me quedó,
para que cate no sepa
cómo es que me llamo yo.

2) Agua pasó por mi casa,
cate me dio la razón
y el que no me la adivine será
burro macetón.

3) Agua pasó por mi casa
cate de mi corazón,
a que no me lo adivinas
de aquí a la oración.

4) Agua pasa por mi casa,
cate de mi corazón;
si no me lo adivinas,
te doy un coscorrón.

5) Agua pasa por mi casa,
cate de mi corazón;
el que no me lo adivine
será burro cabezón.

6) Negro por fuera
verde por dentro.

7) Tengo el hueso duro,
la carne verde
y el capote oscuro.

8) Prieto, pelón y lechoso,
suave por fuera,
duro del centro,
te lo metes adentro,
como quiera,
y verás que sabroso.

ORECAUGA

1) Con lo que llueve y con nada, ¿qué palabra formarás?

ETNEIDRAUGA

1) Agua pasó por mi casa
diente le dio la razón.

2) Agua, pero no del río,
diente, pero no de gente.

3) Agua de río,
diente de gente.

4) Agua, pero no de arroyo,
diente, pero no de gente.

5) Aquí sí que tu saber arrollo
aunque seas inteligente:
agua es, mas no de arroyo.
¡Detente! ni de cristalina
fuente, pero acierta

quién asegura que diente
es, pero no de gente,
y mucho menos de animal;
pues proviene de bolitas
lisas y chiquititas.
Se lo meten: ferviente
y muy formal, por el hoyo
que tienen abajo de la frente.

AJUGA

1) En lo duro o en lo blando,
va metiéndose macizo
—puras vírgenes violando—,
si la empuja el cacarizo
que la anda correteando.

2) De brazos, ni piernas,
ni manos dispongo, pero sirvo
mucho sólo con un ojo.

3) En la fragua soy nacida.
Si me tiran soy perdida.

4) Tengo un solo ojito
y soy de metal;
conmigo se cose
con hilo y dedal.

5) La tonta clara va volando,
con el pico va picando,
con la cola va enredando.

6) Adivina esta adivinanza
que no tiene pies ni panza.

7) Con el piquito abre una
cueva y con la cola
tapa la puerta.

8) Esta es una adivinanza
que no tiene pies ni panza
ni corazón.

9) Yo vi una hembra que en
solo la vista tiene tal fuerza
que junta distantes;
del tiempo y la tierra nos
quita conquista,
es bien conocida de los
navegantes,
los grandes la comen, en
Roma es bien quista.

10) Una mulita mora
con rienditas en la cola.

11) Una barrita, bien
derechita, no se seca,
ni se marchita.

12) Delgada, gruesa o
mediana, y con los ojos de un
tuerto, con las mujeres estoy
en la ciudad y en el huerto.

13) Con el piquito picotea;
y con el rabito tironea.

14) Finito, finita como una
artista, sale el rey y ella lo viste.

OLIH NOC AJUGA

1) Una viejita y un viejito
estaban jugando al teterete,
la viejita que se descuida
y el viejito que se lo mete.

2) Rosa María va volando,
con las tripas arrastrando.

3) Una vieja cacariza
y un muchacho cacarizo
se la recibe rempujando.

4) Una señora y un señor
juegan al tétere, tétere,
la señora que se atonta
y el viejo, que se lo mete.

5) ¿Quién con la punta del
pie busca dónde marchar
y con el rabo del ojo
su paso deja acusar?

LADED Y AJUGA

1) Santa Rita va corriendo
con las tripas arrastrando
y un hombre cacarizo
la va alcanzando.

2) Santa Rita va corriendo
con las tripas arrastrando
y un hombre cacarizo
se las viene arrempujando.

LADED Y OLIH, AJUGA

1) Es una vieja flaca
con las tripas arrastrando
y un viejo cacarizo
se las iba rempujando.

JOLER LED SAJUGA

1) Juntos das en un borrico
ambos andan a la par,
uno anda doce leguas
y otro una nada más.

2) Juntos dos en un borrico
los dos andan a la par;
uno anda doce leguas
y el otra, una no más.

OREJUGA

1) Cuanto más grande lo ves
menos pesa.
¿A que no sabes qué es?

2) Cuanto más le quitan
más grande es.

3) ¿Qué será, qué será
una cosa que aquí está,
que no es dura, que no es
blanda y que crece pero no
anda; no se come, no se bebe,
está abierta y no se mueve;
no se compra ni se da,
se la encuentra de repente,
no es fría ni caliente,
no es opaca ni con brillo,
y el que la halla en su bolsillo
cuanta ponga perderá?

4) Es prieta, honda y profunda,
tiene una pierna por funda,
no es dura sino blanda,
si me crece se me ablanda;
no se come, no se bebe,
bocona es y no se mueve,
no es honrada sino bribona;
no es fría, no es caliente,
se le tienta de repente,
no es opaca ni con brillo;
quien la tiene en el bolsillo
cuanto ponga perderá.

SOREJUGA (ED)

1) ¿Un cántaro lleno,
de qué pesa, menos?

ATEJUGA

1) Para meterla, te empinas,
la punta le tomas primero
y la metes en un agujero;
y así, con metidas finas, y
de hoyito en hoyito,
vas tejiendo muy bonito
un artístico crucero.

OTSOGA

1) Soy el mes que precede
a septiembre, que trae días
tranquilos de sol.
Visto el campo de flores
doradas y en las milpas
se ve al mirasol.

ERIA

1) Soy cuerpo que nadie vio
y existo entre los mortales,
soy causa de muchos males,
siendo criado por Dios;
pero si faltara yo,
mueren hombres y animales.

2) Soy tan grande como el
mundo y con todo no me
ves, me tienen por vagabundo,
te cerco de ancho profundo,
de la cabeza a los pies.

3) Te está dando y no lo ves.

4) ¿Qué es lo que respiras
y entra a tus pulmones
y ha de ser muy puro
para que lo tomes?

5) Soy alegre y juguetón,
invisible y no me ven.
Las basuritas levanto
y las hojitas también.

6) Muevo las aspas
del viejo molino
para que muela
los granos de trigo.
Empujo las nubes
y encrespo las olas;
y nadie me mira,
tan sólo me nombran.

7) Cuatro angelitos
corren para Francia,
cruzan los vientos
y nadie los alcanza.

8) ¿Qué podrá ser una cosa,
que no se ve ni se toca?

ZERDEJA

1) ¿Cuál es la varia cuadrilla
blanca y negra de pecheros,
de unos caballos sin silla,
reyes, damas, caballeros,
sin reino, ciudad ni villa?

ÍJA

1) En el campo verdeguea
y en la casa colorea.

2) Soy chiquito y prudente,
nadie se ríe de mí,
pero si me hincan el diente
se han de arrepentir.

3) Verde como loro,
bravo como toro.

4) Es colorado bolsillo,
que tiene plata en sencillo.

OJA

1) Un caballerito
peinadito a la bombé,
tiene cabeza y no pie,
tiene dientes y no boca.
¿Qué es lo que es?

2) En los yermos enterrado,
la mayor parte sumido,
blanco es y muy barbado
y en olor muy conocido;
tiene dientes y no boca;
tiene cabeza y no pies,
decidme qué cosa es.

3) Tengo cabeza redonda
sin nariz, ojos ni frente,
y mi cuerpo se compone
tan sólo de blancos dientes.

4) De igual modo siendo joven
que cuando ya es un vejete,
va siempre muy arropado
y unas blancas barbas tiene.

5) ¿A cuál de los ingredientes
con que cocina Teresa,
sus platillos calientes,
se le pela la cabeza
para que muestre los dientes.

6) Me aborrecen porque repito
y me quieren porque sazono,
a mí no me importa un pito
y no me descorazono.

7) En un zurco se crió
hasta que de ahí lo sacaron.
Tiene barbas y no es hombre;
tiene dientes y no come.

8) Las solteras y casadas,
para aromar sus cositas,
les pelan las cabecitas
y las dejan desdentadas.

NÁRCALA

1) Tiene dos cuernos,
patas muy feas, su cuerpecillo
negro o café. Los de Durango
son muy güeritos; pero de
todos hay que temer.

2) Patio barrido,
patio regado,

sale un viejito
y muy enroscado.

3) Di, ¿quién será ese soldado,
tan poco animoso y fuerte,
que, si el contrario ha pasado,
solito se da la muerte?

LIÑABLA

1) Hago paredes,
pongo cimientos
y a los andamios
subo contento.

AFOHCACLA

1) El alto señor del cielo,
por mostrar sus maravillas,
creó una planta en el suelo,
que por dentro tiene pelos
y por fuera las costillas.

AÍCNACLA

1) En mí los niñitos,
con mucha alegría,
guardan su dinero,
pues soy la...

2) Doña Alca... Barrigona,
con su boca sonriente,
come y come las monedas
sin mostrar jamás un diente.

ARRAPACLA

1) En el campo me crié,
y con el calor me agacho,
si me tardan en coger,
de hembra me vuelvo macho.

ZARTACLA

1) Soy una flor blanca,
como un cucurucho;
vivo cerca del agua,
que me gusta mucho.

RELIFLA

1) En Francia me fabricaron
y en España me vendieron,
si estoy preso vengo bien,
si me desprenden me pierdo.

2) Con A empieza mi nombre,
de las damas soy querido,
si me prenden, soy seguro
y si me sueltan, perdido.

DADIRUGES ED ESRELIFLA

1) A las damas sacan de apuros,
y por ellas son queridos,
porque siempre las abrochan.
Si se los meten, son seguros; si
se los sacan, son perdidos.

NÓDOGLA

1) Siempre de mí dicen algo,
aunque muy humilde soy;
no soy señor, y me nombran
con la nobleza del don.

2) Mis flores te dan
con qué hacer la tela
para tus vestidos
de primavera.

OTNEMILA

1) Las señoras lo han de dar,
muy variado y suavecito,
sabrosón y calientito,
lo menos tres veces al día,
y con muy buen modito.
La primera al levantar,
para irnos a trabajar,
la segunda al mediodía
y la otra antes de acostar.

AMLA

1a) Una perla muy fina,
muy bien engarzada;
el que hizo la perla
echó la disculpa:
—Si la perla se pierde,
no tengo la culpa.

1b) Una perla viene
escasquillada, de casquillo no
vale nada; el platero que la
hizo da por disculpa:
—Que si la perla la pierden,
el casquillo tiene la culpa..

EUQANAMLA

1a) Negro gordito,
muere flaquito
como un papelito.

1b) Todos los años nazco
gordito; muero flaquito
como un papelito.

ADAHOMLA

1) Un bulto vi lleno estar,
de despojos de ganado,
y de flores adornado,
donde suele descansar
el que es del muerto dechado.

2) ¿Quién es la desvelada,
dura, tiesa o aguada,
apretada o desguangüilada,
lo puedes tú discurrir;
día y noche acostada,
casi siempre tiesa,
sin poder nunca dormir,
esperando tu cabeza.

ONARIMATLA

1) De Luciano, tiene el ano,
de la escopeta, la mira,
y de la cima, el final.
¿Puedes decirme, Fulano,
después de estar mira y mira,
el apellido en total?

ATSIMATLA

1) Alta torre,
misa que no oyes.

OLLIRAMA

1) Es el color tan hermoso
del sencillo girasol;
del bello maíz de tejas
y de la mimosa en flor.

ALOPAMA

1) Con mi cara encarnada
y mi ojo negro,
con mi vestido verde
el campo alegro.

DATSIMA

1) Dos mitades entre sí,
constituyen mi unidad;
¿Y cómo sucede? Así:
Tú eres la mitad de mí,
y yo de ti, la mitad.

ROMA

1) ¡Soy el llanto que te llora,
soy el numen que te canta,
soy el grito que te implora,
soy todo lo que te adora
y te inciensa y te levanta!

2) Soy un apuesto galán que
ni hambre ni hartura quiero,
pues me mata el mucho pan,
y con poco pan me muero.

3) Uno lo feo a lo hermoso,
los pobres a los pudientes,
hago a los glacos, valientes,
y al descreído, piadoso.
Hogar en que yo me poso
tiene bases resistentes.

4) Yo soy el Dios poderoso
en el aire y en la tierra,
en el ancho mar undoso,
y en cuanto el abismo encierra
en su báratro espantoso.
Nunca conocí qué es miedo;
todo cuanto quiera puedo,
aunque quiera lo imposible,
y en todo lo que es posible
mando, quito, pongo y vedo.

5) En medio de una barranca
está un árbol
y de cada lado hay un burdo.

OIPORP ROMA

1) Soy un activo veneno que
al hombre lo ensoberbece:
todo lo suyo enaltece
y menosprecia lo ajeno.

SELEGNÁ (SOL)

1) La corte celestial
bajó del cielo
y fundó una ciudad.
La poblaron los ángeles
y le dieron el nombre
de su divinidad.

ODAJNARANA

1) Soy el color bello,
que tiene la naranja;
y si no eres tonto,
dilo sin tardanza.

OTECINA

1) De AN las dos primeras.
con una I agregada
y con CE de cesto, sumada,
y de loto dos postreras;
ya queda adivinada.

OLLINA

1) ¿Quién es aquel que
contiene la más perfecta figura,
fue prisión y es hermosura
que varios colores tiene?
Encierra dentro de sí
al mismo que le sustenta;
y aunque es precioso, aparenta
otro más precioso en sí.
Es señor de diez lugares,
y aunque se mueve y escribe,
impares números vive,
porque nunca vive en pares.
Es varón, y hembra tan vana,
aunque parte de la tierra,
que si su dueño la encierra
se sale por la ventana.

2a) Redondo, redondo,
sin tapa y sin fondo.

2b) Redondito, redondón,
que no tiene tapa
ni tapón.

3) ¿Qué le mete el hombre a la
mujer, cuando se casan?

4) Chiquito, redondo,
barrilito sin fondo.

SADOB ED OLLINA

1) Cuando te vas a casar,
le metes el dedo, primero.
Por supuesto el anular;
si no lo haces, empero,
tu boda no podrás realizar.

SOJOETNA

1) Siempre se tienen ante los
ojos y sin embargo
no se los ve.

2) Caballeros suelen ser,
y dan remedio a un sentido
que va perdiendo el poder;
y han por ellos fenecido
muchos antes de nacer.

OÑA

1) ¿Quién es un viejo ligero,
que es de cuatro movimientos
puestos en doce cimientos,
que a cualquiera pasajero
da más penas que contentos?

2) Nazco, amigos, en un día;
trescientos y pico empleo

en crecer, y en poner feo
a todo el que en mí se fía.
Es tan cruel la suerte mía,
que al encontrarme completo,
tengo por hijo un sujeto
que al nacer, muerte me da
y arrinconándome va
sin cariño y sin respeto.

3) Yo tengo doce meses,
cincuenta y dos semanas
y esperas muy contento,
que a media noche nazca.

4) Trescientos sesenta y cinco,
son los días que yo tengo:
cincuenta y dos las semanas
y doce meses por cierto.

5a) Un árbol tiene doce ramas,
tiene siete nidos
y en cada nido siete pájaros
de distintos "cantidos".

5b) Un árbol tiene doce ramas,
en cada rama tiene un nido.

6) Tengo doce hijos
en mi corazón; y de esos
treinta nietos son,
que están mitad blancos
y mitad negros.

7) Es un ente de razón
que anda y anda sin cesar;
en cuatro partes y en doce
se divide su total.
Un reloj de inmenso precio
marca los pasos que da;
el gozarlo y gozar mucho
anhela todo mortal.
¡Infeliz si no lo logra!
Mas, si los llega a gozar,
le fatigan y quisiera
volvérselos a quitar.

SAÍD Y SESEM, OÑA

1) En el patio de mi casa
tengo un árbol con doce ramas;
cada rama con su nido,
cada nido con su huevo,
cada huevo con su nombre,
adivíname si eres hombre.

ODILLEPA

1) Si he de ser sincero,
aunque grosería parece,
no me crean majadero;
cuando la mujer se casa
porque lo merece,
—lo pregonan en su casa—,

¿Qué cosa es lo primero
que en seguida le crece?

OTITEPA

1) Responderás al momento;
¿qué es lo que si no matan
no queda jamás contento?

ODARA

1a) ¿Cuál fue aquél que no nació, y vivió tiempo infinito,
y luego por finiquito,
su madre se lo comió?

1b) ¿Cuál es el invento aquél
que a la tierra despedaza
mientras ella, con cachaza,
lo va consumiendo a él?

1c) ¿Cuál es el hijo cruel
que a su madre despedaza
y la madre, con cachaza,
se lo va comiendo a él?

AÑARA

1a) Maravilla, maravilla,
que se puede maravillar:
¿Qué será?
En el aire anda,
en el aire mora,
en el aire teje
la trabajadora.

1b) En alto vive,
en alto mora,
en alto teje
la tejedora.

2) Es animalito
que tiene ocho patas
y teje de prisa
linda telaraña.

3a) Ronda que ronda rondadurita
teje que teje tejedurito.

3b) ¡Ronda que ronda
rondadurita!
¡Teje que teje tejedorita!

4) Hilando, hilando,
tejo mi tela,
y en ella espero
a la mosca
que se deja.

LOBRÁ

1) Te doy fresca sombra,
te evito el calor
y en mis ramas mezco
niditos de amor.

2) Te doy lindas flores,
te doy rica fruta
y con mi follaje
atraigo las lluvias.

3) Lo que ellas tienen arriba,
él la tiene por debajo;
parado se pasa la vida
y ellas, trabajo y trabajo.

4) Soy alto y frondoso
bajo mi sombra
encuentras reposo.

DADIVAN ED LOBRÁ

1) Soy verde y frondoso;
en diciembre me adornan
y me veo primoroso.

2) Durante todo el año
me tienen olvidado
y a fines de diciembre
me llenan de regalos.

SELOBRÁ

1) Somos de raza robusta
a quienes no espantan los fríos.
Vamos sin ropa en invierno,
y en verano nos vestimos.

ZUBACRA

1) Soy bocanegra llamado
como si yo fuera perro,
ando de hierro cargado
y soy tan bien acertado
que apenas herida yerro.

OCRA

1) De prudentes y de aceros
me componen por tu gusto;
llámante por mí certero;
es mi golpe, fuerte y fiero
si tu favor es robusto.

SIRI OCRA

1) Me formo en el cielo
con gran alborozo.
De lindos colores
hago un arco hermoso.

2) Después de la lluvia,
mis siete colores
forman un bello arco
de suaves fulgores.

3) Luzco en el cielo
siete colores
en un bello arco
grande y triunfal.
Todos me admiran
cuando aparezco,
pues mensajero
soy de la paz.

4) Me formo en el cielo
con agua y con sol;
y soy mensajero
de paz y de amor.

ALLIDRA

1) Le gusta comer nueces
y es roja o colorada;
mas come buen maicito
en tierra mexicana.

2) Vivo en el tronco del árbol
y en él tengo mi bodega;
guardo nueces y bellotas
y el hambre nunca me llega.

3) Soy bonita,
soy traviesa;
salto y corro
sin cesar;
busco nueces,
y bellotas
y las llevo
a almacenar.

ETERA

1) La mujer coge el juguete,
que siempre le entra justito;
se ensaliva el hoyito,
y enseguida se lo mete.

2) Al hoyo arremete,
por el hueco se mete,
cuelga hacia abajo
y da fin al trabajo.

3) La mujer, para ser mujer,
debe dejarse romper;
que entre lo duro a lo blando
queden las bolas colgando.

4) Lo duro mete en lo blando
y lo demás queda colgando.

5) Entra en lo blando
y queda colgando
como la muela.

OTIYORRA

1) Voy corriendo
entre las piedras
y cantando muy quedito;
de paso riego las flores,
¿cómo me llamo yo?...

OYORRA

1) Largo pero no cochino,
va culebrea y culebrea,
y hozando por el camino,
se va contonea y contonea
y sin armar gresca.
Si meter el dedo se te antoja,
enseguida te lo moja
y luego te lo refresca.

ODASA

1) Tengo sin ser taza, el asa;
tengo sin ser clave, el do;
el fuego que a otros mata,
a mí me da el sabor.

RODASA

1a) Alto y grandote,
con un diente en el cogote.

1b) Negro y grandote
con un diente en el cogote;
y lo mantiene colgado
hasta que está bien dorado.

DÚATA

1) Quien lo hace no lo quiere,
quien lo ve, no lo desea,
quien lo goza no lo ve.

2) Soy casa tan reducida,
que nadie quiere ocupar,
ni aun sin la renta pagar
mientras conserva la vida.

3) Quien lo compra no lo usa,
quien lo usa no lo siente,
y se le usa;
para meterlo frío, no caliente,
y con cuidado;
tieso, envuelto y, estirado
y no lo siente.

ELOTA

1) Me lo bebo en el almuerzo,
hecho con muy buena masa;
con azúcar y con leche,
o sólo hervido con agua.

ARORUA

1) Cuando amanece
se ve en el cielo
con gasas rojas
como arrebol,
y la ilumina
la luz naciente
del disco de oro
del bello sol.

RODATNEVA

1) Por halagar a las visitas,
las señoras, muy apuradas,
le dan tremendas meneadas,
para calentar sus cositas,
sean solteras o casadas;
y hasta sacan chispitas
rojas o caloraditas,
de sus hornillas enfriadas.

ANALLEVA

1a) No soy ave, cosa es llana,
aunque estar en alto suelo,
porque ni corro ni vuelo;
soy una simple serrana, hija de
un hijo del suelo.

1b) Ave soy, pero no vuelo,
mi nombre es cosa bien llana,
soy una simple serrana,
hija de un hijo del suelo.

2) Ave, y no vuela,
llana, y es curva;
quien no adivina ésta,
no acertará más ninguna.

AÍRAM EVA

1a) ¿Cuál es el ave,
que no tiene plumas?

1b) ¿Qué ave no puede volar?

ZURTSEVA

1a) Tranco, barranco,
mechones blancos.

1b) Blanco, barranco
pantalón blanco.

2) Tordillo rabón,
patas de azadón,
cabeza de botón.

RODAIVA

1) El avión voy conduciendo
por encima de las nubes.
Del campo de aterrizaje
por mi mano sube, al cielo.

2) Piloteando su avión
cruza el cielo,
llevando pasajeros
y también correo.

NÓIVA

1) Por el aire puedes ir
más de prisa que por mar;
para cruzar por el cielo
dime: ¿qué debes tomar?

APSIVA

1) Mira por delante;
hiere por atrás.

ETAYA

1) Fui a la barranca
y allá te dejé.
Tenía pelitos y me espanté.

1b) Fui al mar
y allá te dejé.

NÓDAZA

1) Tres hijos que de una madre
nacieron con ser perfecto,
y de un hermano era nieto
el uno, y el otro padre.
Y estos tres tan sin clemencia
a su madre maltrataban,
que mil puñadas le daban,
mostrando en ello su ciencia.

NÁRFAZA

1) Colorín, colorán,
pasó por la mar,
si no te lo digo
no lo has de acertar.

RAHAZA

1) Soy una flor perfumada
emblema de castidad,
que siempre ha de acompañar
a la mujer desposada.

RACÚZA

1) Nos la da la caña
y ya refinada,
está en nuestra mesa
para ser usada.

2) Con ella endulzamos
a diario el café.
Es blanca y muy dulce,
nos nutre también.

3) Nos la ponen en la mesa
en merienda y desayuno,
para que endulce, con ella,
lo que bebe cada uno.

ARERACUZA

1) Se encuentra en la mesa,
llenita de azúcar
y servirnos de ella,
a todos nos gusta.

ANECUZA

1) A su cena me invitó
una flor y concurrí.
Entre todas se lució
y juntas la descubrí.

Sólo una letra cambié
para verla tal cual es,
y por ella me guié
para escribirla después.

B

ALAB

1) Salí de mi casa
sin yo saber;
y di muerte a un hombre
sin yo querer.

2) Soy de pesado metal
y de la muerte instrumento;
sirvo para bien y mal y soy
más veloz que el viento.

SALAB

1) Tartamudita,
tartamudeando...
una detrás de la otra
salen matando.

AZNALAB

1) Dos hermanas a un compás,
cuando a una le dan más
la otra se enoja y se va.

ORELAB

1) Una vieja y un viejito
jugaban al beisbolete;
la vieja que se descuida
y el viejo que se lo mete.

2) Lo tomas por el palo,
una maroma le pegas,
y una vez ensartado
por el lado agujerado,
más maromas le pegas
y más metidas le agregas.
Si a lo acordado llegas,
el juego habrá terminado.

EDLAB

1a) Cuando baja, va cantando;
cuando sube, va llorando.

1b) Entra cantando;
sale llorando.

1c) Baja zumbando;
sube gateando.

2) Baja siempre rezongando
porque lo bañan y lo siguen
bañando.

ANELLAB

1) Es el animal más grande
que vive en el ancho mar;
cuando suelta un chorro de
agua sabemos en dónde está.

2) Siempre va llena,
nunca vacía; la ve grandota
el que la mira.

OCNAB

1) Chiquillo como un gallo
y forzudo como un caballo.

2) Un caballito bamba
que no corre ni anda.

AREDNAB

Voy vestida de remiendos
aunque soy mujer de honor;
miles de hombres, por mi
amor, salud y vida perdieron.

A muchos impongo miedo,
el jabón nunca lo vi;
si me llaman lavandera
es por burlarse de mí.

2) ¿Qué ondea por los aires
hermosa y sagrada,
que de tres colores,
se encuentra adornada?

3) Va pasando sostenida
por un soldado o un cadete;
y al mirar sus tres colores,
todos callan reverentes.

ANACIXEM AREDNAB

1) Tiene tres bellos colores
y el Escudo Nacional,
siento una gran alegría
cuando la miro pasar.

2) Cuando veo tus colores
flotando al viento,
me quito el sombrero
en señal de respeto.

3) Verde, blanco y rojo
son mis tres colores,
a México represento
ante todas las naciones.

AJARAB

1) Pobres andrajos
mi origen fueron,
manos humanas
formas me dieron,
y a tanto rango
subir me hicieron,
que a usar caballo
y armas me dieron,
y desde entonces
con gran anhelo,
a unos arruino,
a otros consuelo.

2) Mi vida debo a un artista
y por mí un caudal crecido
a veces se desmorona:
yo de reyes no he nacido
y tengo cuatro coronas.

3) Armas y letras enseño;
tengo la edad de Mahoma,
doyle en que beba a mi dueño,
oro también con que coma,
y para sentarse un leño.

4) En la mesa se pone,
se parte, se reparte,
pero no se come.

5) Sobada tras sobada,
desde que empieza a jugar,
no la dejen de sobar
a pesar de ser tan tiesa.
Por encima de una mesa,
se le coloca acostada,
se parte y recomparte,
y si al partir, tienes tino,
te dejarás de continuo,
para ti, la mejor parte.

6) Fui blanco,
me pintaron de colores;
hago perder los bienes
y hago matones.

7) Se sirve, se parte,
pero no se come.

ABRAB

1) Mándame a echar en
remojo
aunque no para comerme;
el deshacerme es hacerme,
y suele causar enojo
en muchos, el no tenerme.

2) Una pregunta muy fácil
sabiéndola contestar:
¿qué planta es la que te moja
cuando la van a cortar?

3) Para pelarla, la mojas,
los pelos le humedeces,
la acaricias varias veces,
y pa'luego la sonrojas;
y para dejarla lisita,
muy cerca de la boquita,
con untadas la aflojas.

OREBRAB

1) El cuarto con agua se mantenía, y con fuego y aire pelando pellejos y dando heridas a mozos y viejos, ni lo confesaba, ni se arrepentía.

AOCABRAB

1) Barba, pero no de chivo;
coa, pero no de palo.

OCRAB

1) Quién es aquel que va andando que no es dueño de sus pies, que tiene vuelta la espalda y el espinazo al revés, que los pasos que va dando no puede contar, y que al descansar en el vientre sus patas guarda, ¿quién es?

2) Las trévades son de agua
y la olla de madera
y la carne que está dentro
está viva y se menea.

3) Cruzo los mares llevando
gente, llevo mil cosas para
entregar; soy la alegría
de los que gustan,
sobre del agua poder viajar:

4) Soy pesado como un plomo
y ligero como un viento;
doy de comer y no como
y cargo el alimento dentro.

ÉMOLOTRAB

1) No es Bartolo el de la
flauta con el agujero solo;
es lomé, el tío de Lolo,
a quien sólo le falta
la flauta del tío Bartolo.

ARRAB

1) Soy de oro, de plata y hierro,

por mí pasarás un mar
si no haces cualquier yerro;
críome en el valle o cerro,
y sirvo para tirar.

2) Aunque estoy sin lengua,
muda, penetro mucho las
cosas, porque soy sutil y
aguda con haber nacido ruda
entre peñas escabrosas.

ORED NEERAB

1) ¿Quién usa la escoba
de noche y de día
para que las calles estén
siempre limpias?

LIRRAB

1) Animalito bermejo,
costillas sobre el pellejo.

2) Prieto, boludo y panzón,
sea joven o sea viejo;
costillas sobre el pellejo
tiene el duro barrigón.

ETELIRRAB

1) Tengo cola y no soy animal
y aunque subo muy alto,
muy alto de las alas del ave
estoy falto y no puedo a mi
antojo volar.

2) Pajarito volando,
con las tripas colgando.

NÓTSAB

1) Largo sin pelos
para tus abuelos.

OTILUAB

1) Del cielo cayó un pañuelito,
claveteado de alfileres;
¿qué uso dan los hombres
encima de las mujeres?

OMSITUAB

1) Un pobre le pidió a un rico
lo que en el mundo no
había; y el pobre le dio
lo que él tampoco tenía.

2) Jesucristo vino al mundo
a traer lo que no había,
pero un amigo le dio
lo que ni él mismo tenía.

ZIRTAEB

1) Al nombrar una beata y al romper una limeta se hace el nombre de mi dama.
¡Vaya que no me lo aciertas!

OTIBEB

1) Es travieso y juguetón;
a veces risueño
y a veces llorón.

EBAC-ACEB

1) Me llevan los colegiales
y equivalgo a algún dinero,
pero no entra en el bolsillo
cuando de revés me vuelvo.

ATOLLEB

1) En alto estoy,
capillo de oro tengo,
moros veo venir
y no puedo huir.

ZERÁUJ OTINEB

1) Con afán y con cariño
toda la vida estudié
y a mi Patria muy querida
con gran amor goberné.

ANEJNEREB

1) Patio chiquito, patio regado,
sale un negrito culiempinado.

ATELCICIB

1) Tiene dos ruedas,
tiene pedales;
mis dos hermanos,
en ella salen.

ETOGIB

1) ¿Qué objeto peludo,
güero, fino y delgado,
o grueso, prieto y erizo,

natura al hombre le hizo
para llevarlo colgado?

(LAIBAL ZIPÁL) ÉLIB

1) Tiene la punta pelada,
lisa, redonda, lustrosa
y de color colorado;
a las damas les agrada
y todas se lo han untado.

ÒCNALB

1) Es el color de la nieve,
del azúcar, de la sal.
Lo trae también en su lienzo
la Bandera Nacional.

OLLIUQNALB

1) Fui a la iglesia,
pisé un ladrillo;
volteé pa'atrás
y era amarillo.

2) Su madre tartamuda
y su padre cantor;
y tiene el vestido blanco
y amarillo el corazón.

3) Barrilito, barrilito,
que no tiene tapadera,
ni tapón.

ACOB

1) En cuatro letras que tengo
encuentras un militar,
un dios fabuloso y un
animal y otro animal.

2) Veinticuatro sillas blancas
y un rojo comedor
y una niña muy bonita,
que se mueve sin temor.

3) En un cuarto muy oscuro
estaba un muerto y un vivo;
alrededor soldados blancos
y en medio una culebra roja.

OZARB Y ACOB

1a) Hoyo hondo, largo soga,
echada no llega,
doblada sobra.
1b) En mi casa hay un pozo
con una soga,
que tendida no alcanza
y doblada sobra.

SETNEID Y ACOB

1) Tengo una ollita llena de
huesos que no la vendo
ni por mil pesos.

SONAM Y ACOB

1) Hondo pozo, largas reatas,
que sólo dobladas lo alcanzan.

OJEIV ED ACOB

1) Yo, padre, os pregunto:
¿Cuál es el molino
que muele sin muelas ni gota
de agua o si quisiéseis
llamémosle fragua que no
tiene fuego y arde con tino?

OLLABAC ED ODACOB

1) ¿Cuál es el bocado o de
qué lugar que aquél que le
masca, del no se paga;
por más que lo masque jamás
se lo traga y entero le deja y
le torna a tomar?

ORELOB

1) Con su cajoncito
y siempre sonriente,
bolea los zapatos
de todos sus clientes.

ASLOB

1) Abajo de una rajadura
entra y sale, en un cacho
de carne cruda.

RALLIB ED ALOB

1) Blanca soy y por posta
ando diversos caminos,
los hombres bastos y finos
se divierten a mi costa.
En una prisión angosta,
me meten sin compasión;
y todos estos tormentos
me los dan por diversión.

2) Con la calva más lustrosa
se me suele comparar,
olvidando que mi estrella
consiste sólo en rodar;
en rodar sobre una mesa
procurando entrechocar,

pegando por carambola
y alegría provocar.

SOREBMOB

1) Con la sirena
anunciamos,
que a apagar
el fuego vamos.

ETENOB

1) De bueno el nombre
mantengo, aunque de malos
los hechos, de hombres
celosos me vengo.
En la iglesia a parar vengo
y suelo estudiar derechos.

2) Con palabras de lo alto
me abajan por cortesía;
no es de honor la hechura mía,
antes de gran sobresalto
afligiendo noche y día.

ANALECROB

1) Por las noches la tomas
—con luz o a tientas—,
y si en ella te sientas,
te pes, orinas u obras.
2) Soy chiquita como un gallo
y puede como un caballo.

OGERROB

1) ¿Qué animalito
cuando te ve,
bala contento
y hace be... be...?

2) Jugando contento
siempre se le ve;
nos da carne y lana
y bala: bee-bee. . .

OCIRROB

1) Con pobreza fui nacido
en un pesebre, entre pajas;
y después por manos bajas
fue despreciado y vendido,
conmigo crece el vestido.
En Jerusalén entré,
palmas y oliva pisé;
de pies y manos clavado,
de la cruz estoy llagado.
Cuenta que Cristo no es.

EUQSOB

1) Guardo maderas
guardo canciones,
hermosos pájaros
y fieros leones.

ATOB

1) No soy aguda de nombre,
aunque sí de gran servicio;
de dos cosas tengo oficio,
que son de provecho al
hombre.

2) Tú lo tienes hondo.
yo lo tengo largó,
vámonos para adentro
a ver si hacemos algo.

SATOB

1) Las dos de un lado,
las dos del otro,
pasito a paso
troto que troto.

ONIV ED ATOB

1) De forma igual a un
cochino y le llora un ojo.

ETOB

1) ¿Quién es aquél que camina
que no es dueño de sus pies,
con el espinazo arrastrando
y el cuerpo al revés?
¿Y los pasos que va dando
no hay quien los sepa contar,
y si quiere descansar
entra en el vientre sus pies?

ALLETOB

1) Soy una dama rolliza de
muy frágil condición, de
cuello esbelto y pulido, pero
algo oscuro el color. El que
me mira el pellejo, me
registra el interior y cuando
me ve llenita me da más
estimación. Chupando el
hombre mi sangre cambia en
placer su aflicción, y a veces
me hace pedazos después
que de mí gozó.

ACITOB

1) Una sala cuadrada
y un regimiento en fila,
quien quiera saber sus nombres
que les mire la barriga.

2) Soy grande en todos los
reinos, y en diversas partes
linda, y mi cuerpo se
mantiene de flores y sabandijas;
mira cómo puede ser
que ni como ni estoy viva;
y no obstante los mortales,
temblando todos me miran,
al ver que puedo ser causa
de la muerte o de la vida.

OIRACITOB

1) Una ensalada el experto
hacáa, y sólo a los tristes, por
darles placer, los convidaba a
comer y beber de los
manjares que él aborrecía.

NÓTOB

1) De fuego, de plata, de oro,
de cristal, de vidrio soy;
si de hilo y seda, me voy
deshaciendo, sin decoro
de mirar a dónde estoy.

AZARB

1) Por dentro soy encarnada,
y cuando con vida estoy
soy muy querida y amada;
por de fuera a blanca voy
cuando la muerte me doy.

OZARB

1) En mi casa hay un pozo
con una soga que tendida
no alcanza doblada: sobra.

SOZARB

1) Son útiles, los tienes
del hombro hasta las manos;
con ellos siempre puedes,
contento dar abrazos.

AHCORB

1) Tiene pelos por abajo,

tal como debe de ser,
y para hacer el trabajo
hay que saberla coger,
y hay que saberla mover
de lado, fuerte, suavecito,
para arriba y para abajo;
sin dejar de humedecer.

EHCORB

1) Un matrimonio muy
igualito de día están juntos,
de noche repartiditos.

AMAF ANEUB

1) ¿Cuál es el ave de tanto
volar que muchos tesoros se
estiman en menos que parla
con lenguas y picos ajenos
loando los hechos del que
es su Señor?

SERIA SONEUB

1) Hay un lugar en la tierra,
capital de hispanidad;
buenos los aires que corren
por la mentada ciudad.

YEUB

1) Ayudo al campesino
sus tierras a labrar.
Uncido yo al arado,
muy bien sé trabajar.

ODARA ED SEYEUB

1) Yendo y viniendo
los dos siempre juntos,
pasando todo el día
abriendo los surcos.

ORRUB

1) Paciente y sufrido
le ayudo contento,
a llevar su carga
con gusto al arriero.
Tengo orejas largas
y sé rebuznar;
si dices mi nombre
te van a premiar.

2) Por mis orejas tan largas
y porque sé rebuznar,
me comparan con los tontos
que son de solemnidad.

3) Es animalito
que sabe rebuznar
y ayuda al buen arriero
sus cargas a llevar.

4) Soy manso y fuerte,
bueno y callado,
sobre mi lomo
llevo la carga
para el mercado.

EUQUB

1) Soy pesado como el
plomo;
soy ligero como el viento;
vivo sobre un elemento,
doy de comer y no como.

NÓZUB

1) Su atención, mantiene
alerta; viste de rojo,
y en una esquina,
espera con la boca abierta.

C

OLLABAC

1) Animal de muchos pies
y con bastante agudeza,
tiene treinta y dos cabezas
y la suya treinta y tres.

2) La boca es de carne,
la carne es de hierro;
también echa espuma
sin ponerla al fuego.

3) Clavado de pies y manos,
herido en la cruz está,
no es Dios ni su semejanza,
adivine quién será.

4) En días de fiesta, contento,
me voy en él a pasear;
me gusta cómo relincha
y cómo sabe trotar.

5) Largo y peludo,
para tu culo

6) Trota y galopa muy bien;
adivíname ¿quién es?

7) Uso zapatos de fierro
para poder galopar,
si tú adivinas quién soy
pronto me podrás montar.

OGITÁL Y ONERF, OLLABAC

1) —¿En cuánto lo vendiste?
—En cien.
—¿Y el quita y pon?
—En un doblón.
—¿Y el dale que le dé?
—Lo regalé.

SOLLEBAC

1) Somos las hebritas
que cubren tu cabeza;
seguro nuestro nombre,
lo sabes con certeza.

2) Somos color de oro,
negros o cafés
y en tu cabecita
nos verás crecer.

AZEBAC

1) Soy vocablo de seis letras
que tres sílabas componen,
y especifico una cosa:
que tiene ventanas dobles.
Sin mí no han podido
ni las fieras, ni los hombres,
ni las aves, ni los peces,
ni los insectos menores,
y el que no me la acertare
cabeza tiene de poste.

2) Buena será tu cabeza,
si aciertas qué cosa es
la que tiene en sí estas tres:
pensamiento, sutileza,
y el acordarse después.

3) Está sobre tu cuerpo,
erguida y bien plantada.
En ella está el cerebro
y debes de cuidarla.

OBAC

1) Soy una punta de tierra
azotada por el mar,
el extremo de una cosa
y una clase militar,
sirvo en buques; con el rabo,

entro en frase familiar,
y las cuerdas de un navío
también suelo designar.

OTIRBAC

1) Cuando soy muy chiquito
juego y retozo
y mi carne es sabrosa
cocida al horno.

ETAUHACAC

1) Túnica morada color de
guangoche; no me lo
adivinas ni en toda la noche.

2) Talta me llamo yo,
cintura de guaje,
y el que no me la adivine
será un gran salvaje.

ETOLAHCAC

1) Tiene cacha y no es cuchillo;
tiene lote y no se vende;
siempre su suerte depende
del más astuto o más pillo.

ANEDAC

1) Un escuadrón de soldados
muy fuertes y vizcaínos
vi hermanados y vecinos
estar con desconsolados,
afligidos y mezquinos.

NÓGAC

1) Cuando al campo se va
Goyo, en un hoyo clava
estaca, deja clavada la estaca
y se regresa en el hoyo.

NÍAC

1) Un hombre mató a su
hermano cuyo padre no
nació, y en el seno de su
abuela al muerto se sepultó.

OTREUM ED AJAC

1) En el campo fui criada,
en el campo fui nacida;
donde quiera que yo entro
todos lloran y suspiran.

2) Al campo fui y corté una tabla, y en cada casa que entraba, lloraban.

3a) El que la hace, la hace cantando; el que la compra, la compra llorando; el que se la pone, nunca la ve.

3b) El que la hace, la hace cantando; el que la compra, la compra llorando; el que la goza, no sabe ni cuándo.

AZABALAC

1a) Blanca salí de mi casa,
en el campo me hice bola;
para poderme traer,
me trajeron de la cola.

1b) Blanca salí de mi casa
y en el campo me hice bola;
cuando llegué a la casa,
me traían de la cola.

NÍTECLAC

1) La carrera lleva cal,
el caballo tiene sed
y la campana dice tintín.

2) Meto la carne colgada,
en una cosa arrugada,
y la dejo estirada.

SENITECLAC

1) El acero nos fabrica,
hierva nuestro cuerpo es,
andamos de dos en dos
y con la punta en los pies.

OREDLAC

1) En un caos de confusión
vi arrojar a un ahorcado,
con fuego y agua formado,
y salió sin dilación
en habiéndose ahogado.

OIRADNELAC

1) Me hallo en los escritorios,
y en las casas de comercio;
todos los ojos me miran
para ver lo que tengo.
Mi vida está limitada,
mis días están contados;
y el día que a morir voy,
ya se sabe de antemano.

2) Cuando quieres con empeño saber diario el santo que es, vas a consultar mis hojas a mi sitio en la pared.

3) Me tienes colgado
siempre en la pared;
y yo te recuerdo,
día, mes y año que es.

4) Hojas tengo sin ser árbol;
soy como el cielo también;
pues en mi seno se sientan
los santos que hay en aquél.

ARUTNELAC

1) Decidme quién es aquella maligna, traidora, cruel y desvergonzada que de mil enojos y pena continua a doquier que entra y es aposentada.
Hace en entrando temblar la posada, después la derriba y pónele fuego y vase de allí y tórnase luego después que la casa está reparada.

RODATNELAC

1) Aunque grosería supone,
no es lo que se sospechan;
entre más palos le echan,
¡más caliente se pone!

ROLAC

1) Lo trae primava,
lo produce el sol;
y hace que sudemos
a más y mejor.

LARUTAN ROLAC

1) ¿Quién nació, y está contigo y en ti mengua con creciente, tú procuras que se aumente y si te falta este amigo, también es tu vida ausente?

AINMULAC

1) Adivina; adivinanza:
¿qué cosa, señores, es,
que se alza y se extiende
mucho para volver a caer,

manchando una joya bella
que nadie quiere perder?

2) ¿Qué se conoce en moral
que se le levanta al hombre,
y que nos pone a pensar;
puedes decirme su nombre?

OVLAC

1) Aseguran que toda mujer
tiene con él su pasión entera,
pues de día tiene su calvario
y de noche su calavera.

NÓZLAC

1) Cal, pero no de blanquear;
son, pero no de bailar.

2) Cal me llaman y no me
queman; dicen que sonidos
son. Y el que sabe portarme
en donde quiera
infunde pavor.

ELLAC

1a) Muchos me nombran a mí,
yo no nombro a nadie;
muchos pasan por mí,
yo no paso por nadie.

1b) Todos pasan por mí
y yo no paso por nadie;
todos preguntan por mí,
y yo no pregunto por nadie.

AMAC

1) Doy descanso y gran
tormento; crío un hediondo
animal, y el hombre más
principal gusta en mí dejar
su aliento y morir:
¿quién vido tal?

2) Aunque bajita de cuerpo,
soy de fuerte consistencia,
ocupo alcobas muy pobres,
y también las de opulencia.
Tienen por mí preferencia
y me tratan con cariño,
soy la paz de los casados,
y es nocturno mi servicio.

3) ¿Quién será la desvelada,
si lo puedes discernir,
de día y de noche acostada
sin poder nunca dormir?

4) En ella me acuesto
contento a dormir,
de fierro o madera,
me siento feliz.

5) Es de madera,
de fierro o latón;
y en ella dormimos
con gran ilusión.

OPMAC ED AMAC

1) A los cansados consuelo,
y aunque en la ciudad estoy,
dicen que del campo soy,
y pongo cerca del cielo
al que mi posada doy.

ONIMAC

1) Va, va
y no vuelve.

2) Sube, baja y no se mueve.

3) Con afán de transitar
llegan a ti los viajantes
y también los caminantes
para andar, andar, y andar.

4) Todos me pisan a mí,
pero yo no piso a nadie;
todos preguntan por mí,
yo no pregunto por nadie.

ORENOIMAC

1) Manejando con cuidado
atraviesa la ciudad,
espérate hasta que pase,
no te vaya a atropellar.

ATESIMAC

1) La mitad de caminata;
la otra la última letra;
siempre protege del frío
y el frío no la penetra.

ETOMAC

1) Coloradito, dice la perra,
coloradito lleno de tierra.

ANAPMAC

1) Tengo la boca hacia abajo
y es mayor que mi cabeza,

y mi lengua dura y tiesa,
moverla cuesta trabajo.
A mi voz rezan algunos,
y sin ser un potentado
vivo en palacio elevado,
do no asisten inoportunos.
De santo me ponen nombre,
y de tal carácter soy, que más
alegre me estoy mientras más
me pega el hombre.

2) Yo he visto un cuerpo sin
alma dando voces a un clamor,
como el dátil en la palma,
con letras alrededor.

3) Tú, boca arriba,
yo, boca abajo,
para no ser cargada;
me jalas la reata
que a veces se alarga;
y sueno el badajo.

4) Una vieja con un diente
que llama a toda la gente.

5) Tira el hilito,
y grita el pajarito.

AISELGI ED ANAPMAC

1) Con voz sonora invito a
rezar, al acostarse
y al despetar.
Soy de bronce,
muy religiosa,
canta que canta,
maravillosa.
Vivo en lo alto,
llamo a oración,
todos me rinden
su devoción.

ORENAPMAC

1) ¿Quién es el que con pesar
y aun cuando tenga intención,
jamás podrá caminar
en alguna procesión?
No es de baja posición
aunque sea pobre de veras,
y con ruido las maneras
indica su situación.

2) Tengo que subir
hasta el campanario,
porque las campanas,
yo las toco a diario.

ONISEPMAC

1) Yo siembro en los campos
el rico maíz;
después la cosecha
recojo feliz.

2) Trabajo en el campo
de sol a sol,
y la buena cosecha
premia mi labor.

OIRANAC

1) Es un lindo pajarito
con sus plumitas doradas;
canta dulcísimamente,
encerradito en su jaula.

2) Me traen de comer
cuando tengo hambre
y sólo sé vivir
en casa de alambre.

RECNÁC

1) Demonio, estrella,
viviente,
y una enfermedad señalo
de muchos males regalo;
y entre la itálica gente
soy un vocablo muy malo.

ODADNAC

Chiquito como un ratón,
cuida la casa como un león.

ORBALEDNAC

1) Hachero que no derriba
el árbol acogedor;
el hacha que en él se pone
siempre nos da resplandor.

2) Dicen que el perro de
Labro tiene fama de
guardián; que más que perro
es un can que nunca
muerde ni ladra.

ALEV Y ORBALEDNAC

1) Ventana sobre ventana,
sobre ventana, balcón,
sobre balcón una dama,
sobre la dama una flor.

OJERGNAC

1) Adivina quién soy:
cuando voy, vengo
cuando vengo, voy.

2) Es animalito que vive,
que vive en el mar;
tiene muchas patas
y anda para atrás.

SACINAC

1) Somos unas bolitas
de cristal con las que tiras
bien o mal.

AONAC

1) En el monte nace,
en el agua vive
y a todos complace.

ORATNÁC

1) Lo meto seco,
lo saco mojado;
lo pongo en el suelo
y se queda parado.

ANAC

1) Alta y delgada,
moza sin ventura;
muchos aposentos
y puerta ninguna.

OMAÑÁC

1) Soy hierva floja, y mudable,
provechosa y conveniente,
pues desde Oriente a
Poniente, soy ocasión que se
hable, y se trate mucha gente.

2) Azul fue la hermosa flor
y verde su nacimiento,
y tanta fue su fortuna
que tocó en el Sacramento.

NÍLUPAC

1) Soy negrito y redondito...
¡Cómeme y tira el huesito!

SENILUPAC

1) En el puerto de Acapulco
mataron al indio Lines,

por ser la letra muy clara
quiero que me lo adivines.

ARAC

1) Es como una montaña,
hay dos luceres brillantes;
una cuevita con dos agujeros
y la cueva con una bailarina.

LOCARAC

1) Quién será aquel labrador
que con tierra y agua trata,
semejándose a la plata
cuando pasa, su labor;
ni es de carne ni pescado,
de ello come algún señor;
tú que eres tan gran letrado
adivina este primor.

2) ¿Qué es, que es del
tamaño de una nuez, sube la
cuesta y no tiene pies?

3) Llevo a cuestas una casa,
mirad si esforzado soy,
va conmigo a donde voy;
sácame de ella la brasa,
por más asido que estoy.

4) Cargando va su casita muy
pintadita de blanco; y sus
cuernitos alarga cuando algo
está contemplando.

5) De todos los animales
soy el que tiene más fuerzas,
porque sin ningún trabajo
llevo mi casita a cuestas.

6) Metido en mi casita
vivo en el mar;
pero si salgo de ella,
no la vuelvo a encontrar.

7a) Lentamente se aproxima
llevando su rancho encima;
es redondo como nuez,
se arrastra, no tiene pies.

7b) Tamaño como la nuez
sube al monte y no tiene pies.

NÓBRAC

1) ¿Quién es quien pierde el
color donde se suele avivar
y luego torna a cobrar
otro más vivo y mejor?
Es pardo en su nacimiento,
y después negro atezado,

y al cabo tan colorado
que su vista da contento:
no guarda fueros ni leyes,
tiene amistad con las llamas,
visita a tiempo las camas
de señores y de reyes:
muerto se llama varón,
y vivo, hembra se nombra,
tiene el aspecto de sombra,
de fuego la condición.

2) Yo fui un serrano grosero
que, enterrado sin razón,
pasé afán en fuego fiero,
salí negro y sin facción,
consérvolo y en él muero.

3a) Pongo la lengua en
aprietos: verde mi vestido
fue, en rojo y blanco torné;
dícenme que los secretos
descubro, y jamás hablé.

3b) Verde fue mi nacimiento
y de luto me vestí,
y por darle gusto al mundo
el tormento padecí.

4) En el horno, te lo meten
verde, negro se hace;
En tu horquilla te lo meten
negro, rojo se deshace.

5a) Fui a la plaza, compré
negritos; llegué a mi casa,
se pusieron coloraditos.

5b) Fui al mercado y
compré prietito;
vine a mi casa
y lo hice coloradito.

6) Verde fui,
negro soy,
rojo seré,
convertido en cenizas
me veré.

7) Verde en el bosque, negro
en la plaza, y coloradito
si estoy en casa.

8) Rojo encendido,
negro en la fosa;
gris si es vencido.
¿Qué es esta cosa?

DADIRAC

1) Princesa de todas soy
aunque parezca altivez,
siempre con la gracia estoy;
a todos la vida doy,
y de mí penden los Diez.

2) ¿Cuál es aquella virtud
tan perfecta y sublimada,
que aun el cielo es su morada,
y de tanta beatitud,
que sin ella todo es nada?

3) ¿Quién es la que la amargura socorre y enjuga el llanto, le apena todo quebrantado y consuela con dulzura? Es fraternal su ternura, y alivio de la indigencia: por eso la Providencia le manda sus bendiciones, le colma siempre de dones y hace feliz su existencia.

LAVANRAC

1) Hago olvidar las penas y el mal; traigo la alegría soy el...

ORETNIPRAC

1) Es buen artesano
y hace muchas cosas;
sillitas y bancas,
mesitas y cómodas.

2) Labro la madera,
y la clavo y la lijo
y con una brocha
después la barnizo.

3) Por el hecho que conviene llamarlo de alguna forma, todo el mundo le adjudica un oficio que no tiene;
porque sabe taladrar
con él pica la madera
y hace confortable nido
para él y su compañera.
Adivina, adivinanza:
¿qué pájaro es el obrero
que le pasa en acechanza
imitando a un jornalero?

ATRAC

1) El que de nuevo se alegra
oiga mi origen atento,
que fue del ayuntamiento
de un blanco con una negra.
Serví a mi dueño con harta
limpieza y fidelidad,
tanto que de libertad
merecí me hicieran carta.
Sus secretos me fiaba
de alegría y de congoja,

mas volvió pronto la hoja
y tratóme como esclava;
sobre mi rostro escribió
letras de quien era y cuya,
y por miedo no me huya
con su hierro me marcó;
cerróme porque no fuera
diciendo lo que sabía,
mas por la desdicha mía
hallé un hombre que me
abriera.
A su casa me llevó,
y usó el traidor de vileza,
porque rompió mi entereza
y de mí se aprovechó.
Cansóle pronto mi amor,
y hame puesto, a mi despecho
con otra a quien ha hecho
la misma burla el traidor.

2) Yo consuelo a los amantes,
con ansia muchos me esperan,
y algunos saben de mí
lo que saber no quisieran;
sano y mato sin querer,
sin querer doy esperanzas,
hago llorar y reír,
y también me hacen pedazos
sin dejarme concluir;
perfumándome las damas.
Hago al amante feliz,
y yo inocente, otras veces
angustias les causo mil.
Soy blanca, verde o celeste,
de negro visto también,
el ancho mundo es mi casa
y en todas partes me ven.

3) Para no guardar secreto
basta el nombre de mujer,
mas haces como discreto,
pues cerrándome, prometo
a nadie dejarme ver.

4) Pila sobre pila, sobre pila,
oliva, sobre oliva, trapo;
aciértame, guapo.

5) Blanca como la nieve,
negra como el pez,
habla y no tiene lengua,
anda y no tiene pies.

6) ¿Cuál es la cosa que habla
y de sentido carece,
con agua o fuego perece,
su forma es pequeña tabla,
y sin vergüenza perece?

7) Nazco y vivo en la
indigencia y un don tal
tengo conmigo
que todas las cosas digo,
y doy pena, y doy tristeza,

y estando cerrada y presa
llevo lejos el suspiro.

8) En un lindo pliego
de blanco color,
le escribo a papito
con filial amor.
El pliego, en un sobre,
lo llevo al correo;
le pongo su timbre
y al buzón la echo.
¿Qué es?

9) Con unas letritas
para mi mamá,
en un sobrecito
se la he de mandar.

10a) De muy lejanas tierras
he venido
a platicar contigo;
y si no me rompes el ombli-
go,
no sabes lo que te digo.

10b) De tierras lejanas vengo
para platicar contigo,
si no me rompes la panza
no sabrás lo que te digo.

11) Sirve a todos por igual
y a todos los maravilla,
pues, con sólo una estampilla,
corre de aquí para allá.

12) Pasa el mar y no se moja,
vuela sin alas tener,
habla, cuenta, alegra, enoja,
trae dolor o trae placer.

ORETRAC

1a) De mi valija
saco las cartas
que voy dejando
de casa en casa.

1b) Caminar es su destino
y yendo de casa en casa,
de su valija de cuero,
saca paquetes y cartas.

2) Con su silbato
él nos avisa,
que nos trae carta
y va de prisa.

3) Diario lo espero en la
puerta para ver si me trae
carta. Luego la trae y la deja;
luego no trae y se pasa.

4) De puerta en puerta

va con las cartas
y muy atento
nos las entrega.

OZIRRAC

1a) ¿Qué palo nació sin panza?

1b) ¿Qué palo no tiene panza?

ACASAC

1) Casa caliente,
invierno y verano;
abraza siempre,
menos las manos.

OTNEIMASAC

1) Casa, pero no de adobes;
miento, pero no de veras.

ONAISAC

1) Su primera de hogar es,
su segunda, afirmación,
y ambas aproximación.

Leídas de puro corrido;
sin ver hoyo escondido
que hay en su terminación.
¡Dímelo en esta ocasión!

ADACSAC

1) Cayendo desde las alturas
con sus aguas espumantes,
se utiliza su gran fuerza
y hermosura da al paisaje.

AÑATSAC

1) Con cinco letras primeras
me dicen que casta soy;
y es cierto que engendro, y
doy otras hijas venideras
adonde encerrada estoy.

DADITSAC

1) Visto cándida librea;
soy de Dios dulce atractivo;
triunfo en la mayor pelea,
y con altísima idea
cual ángel en carne viva.

OZAC

1) Una bola no muy bola
con orejas y sin cola.

ALLOBEC

1) Casquete sobre casquete,
casquete de paño fino,
no lo aciertas en un año,
ni en dos, si yo no lo digo.

2) Bajo la tierra he nacido,
sin camisa me han dejado,
y todo aquel que me ha
herido, por alegre
que haya sido, cuando me
ha herido ha llorado.

3) Soy una señora
muy aseñorada,
con muchas enaguas
sin una puntada,
aunque muchas tengo
a cual más mejor,
siempre llevo encima
la más sucia y peor.

4) Tiene blanca la cabeza,
tiene blanco el camisón,
tiene verdes las patitas,
tiene blanco el corazón;
y a nenas y viejitas, hace
llorar sin razón.

5) Es chata y cabezona,
calva, boluda, lustrosa,
chillona y apestosa;
y más apesta la cosa
si le muerden la pelona.

6) Tengo hojitas blancas,
gruesa cabellera
y conmigo llora,
toda cocinera.

7) Estoy revestida
de velos y tocas;
me comes contento,
en todas las sopas.
Si tú me partieras
te haría llorar,
así seas chiquito
o grande de edad.

8) Fui a la plaza
y traje ellas;
llegué a la casa,
lloré con ellas.

9) Mi padre compró una
muñeca, llegué a mi casa,
y me puse a llorar.

10a) Sombrero sobre
sombrero, sombrero de
"filigranas"; no me lo
adivinas hoy, me lo
adivinarás mañana.

10b) Telita sobre telita,
cate dé mi corazón;
no me lo adivinas
de aquí a la oración.

10c) Capa sobre capa,
no me la adivinas,
de aquí a Jalapa.

10d) Capa sobre capa,
sobre capa.

11) No te puedo engañar
y sin embargo te hago llorar.

12) Parar en la horca es mi
suerte, nazco debajo del
suelo, mi fábrica imita al
cielo, lágrimas causo al
más fuerte sin
provocar desconsuelo.

ARBEC

1) La veremos en el zoológico;
tiene su cuerpo rayado,
las orejas muy curiosas
y cabeza de caballo.

OZADEC

1a) Un viejito chaparrito, que
a manazos lo hacen orinar.

1b) Un viejito arrugadito, que
a puñetes lo hacen orinar.

1c) Un viejito, muy viejito,
que a puñetes lo hacen orinar.

1d) Un viejito, muy viejito,
que a patadas lo hacen orinar.

SAJEC

1) Están encima de tus ojitos,
formando un arco
con sus pelitos.

SOLEC

1) Dentro de mi alma fue de
mí engendrado un dulce
amor, y de mi sentimiento,
tan aprobado fue su

nacimiento como de un solo hijo deseado. Mas luego del nació quien ha estragado del todo el amoroso pensamiento; en áspero rigor y en gran tormento los primeros deleites ha tornado: ¡Oh, cruento nieto!, que das vida al padre, y matas al abuelo porque creces tan disconforme a aquel de que ha nacido; ¡oh rabioso temor! ¿a quién pareces?, que aun la envidia, tu propia y fiera madre, se espanta al ver al monstruo que ha parido.

AÍSOLEC

1) ¿Quién es la que es toda
ojos de la cabeza a los pies
y a veces sin su interés
causa amorosos enojos?
También suele aplacar riñas,
y no le va ni le viene,
y aunque tantos ojos tiene
descubre muy pocas niñas.
Tiene nombre de un dolor
que se tiene por mortal,
hace bien y hace mal,
enciende y templa el amor.

2) Soy honesta y recatada,
y dicen que tengo celo
de la doncella, o casada,
a éstas con cien ojos velo;
de mí no se me da nada.

ANEC

1) ¿Qué cosa, hombre y mujer, esperan que sea de noche, para poderlo hacer?

ORRECNEC

1a) Va al agua y no bebe,
va al pasto y no come,
pero se mueve.

1b) Va al prado y no come,
va al río y no bebe,
y con su son se mantiene.

AZINEC

1) Di placer, gusto y contento,
con mi fruta encapillada,
y ahora estoy vuelta en nada,
temiendo cualquier viento,
con que soy desbaratada.

2a) Problema en toda cocina,
preocupa mucho sin duda;
cocida nadie la estima
y nadie la encuentra cruda.

2b) ¿Cuál es la cosa que
cruda no existe ni puede ser,
pero se encuentra en la
cocina y no se puede comer?

ONETNEC

1) De más de noventa y
nueve soy por mi nombre
llamado, mi morada es
en labrado, y el que de
mí renta debe, me entrega
siendo terciado.

AREC

1) Una cosa quisicosa
que con el agua se enjuga
y con el sol se moja.

2) Maravilla, maravilla.
¿Qué será?
En el monte se crió
y en el altar acabó.

ACREC

1a) Mientras más lejos,
más cerca y mientras más
cerca, más lejos.

1b) Entre más cerca,
más lejos; entre más lejos,
más cerca.

NÓZAROC Y ORBEREC

1) De distinta condición
y de igual fuerza escondida,
atormentan nuestra vida
los dos con grande tesón.
De contrarios se les ve
riñendo batalla ruda;
el uno es siempre la duda,
y el otro siempre la fe.
Es éste, dulce embeleso,
y aquél, angustia y desmayo:
del primero brota el rayo,
del segundo nace el beso.
Es uno calma sencilla
y el otro eterno problema;
éste, la llama que quema
y aquél, lucero que brilla.
De elegir entre los dos
el hombre cifra su anhelo;
uno le aleja del cielo
y el otro le acerca a Dios.

ODREC

1) Al animalito,
con diversos nombres,
por su rica carne,
todos lo conocen.
De él sacan manteca,
carnitas, chorizo,
buena longaniza
y rico tocino.

OLLIREC

1) De un rojo subido
es su pelada cabeza,
tú lo traes escondido,
¡frótalo con presteza
y lo verás encendido!

SOLLIREC

1a) Una cajita,
llena de saldados,
todos largos y delgados,
con gorritos colorados.

1b) Una caja de soldados
con gorrito.

ARUDARREC

1) Espía, espía...
tiene un ojo
pegado a la puerta
y en él se confía.

OJORREC

1) No es cerro, tiene un ojo
y de hierro suele ser.
Al ladrón le cierra el paso
y del dueño guardián es.

OTSEC

1) Con dos letras añadidas
de un gran delito es mi
nombre,
y no desayudo al hombre
conservando sus comidas,
aunque le doy mal renombre.

OGNAHC

1) En el circo lo miramos,
montando una bicicleta;
se lucía el animalito
con su cachucha y chaqueta.

SOGNAHC

1) Somos graciosos, traviesos,
damos guerra sin cesar
y colgados de la cola
nos podemos columpiar:

2) Viven en los bosques
de tierra caliente;
y haciendo monadas,
siempre se divierten.

SARERRAPAHC

1) Peludas por fuera,
lisas por dentro,
alzas las piernas
y las metes adentro.

NÍPAHC

1) De seda, de plata y oro,
y de cuero de animal
me componen, y soy tal,
que sin guardarme decoro
me huellan, y tratan mal.

NÍLUPAHC

1) Comer flores le encanta;
si lo espantas, salta y salta.

2) En esquina de Chapu,
Chapu mataron al indio Lin.

3) Tengo un amigo
llamado Agustín,
que brinca, que salta
como un chapulín.

SENÍLUPAHC

1) Son animalitos
que brincan y brincan
se acaban las plantas,
se acaban las milpas.

2) Saltan y brincan
sin descansar;
se comen los retoños
que empiezan a brotar.

ETOYAHC

1) Desde que nace se trepa,
es carnudo y aguanoso,
y lo que es más sabroso,

es lo blando de su pepa,
la que muerdes gozoso.

2) Soy verde y espinoso,
pero cocido soy muy sabroso.

3) Una bola, no muy bola,
con picos,
se la comen pobres y ricos.

AMACIHC

1) En la barranca de Chi
mataron a Ca,
y respondió Ma.

ELIHC

1) Fui a la plaza,
compré un verdecito;
cuando llegué a la casa,
me hizo llorar.

2) Fui al monte, corté un
bello; vine a la casa
y lloré con ello.

3) Un pajarito pasó por el
mar, sin pico y sin nada me
vino a picar.

4) No soy rata y tengo rabo,
y a los que me prefieren,
pico sin ser alacrán;
también los hago llorar.
Si tú eres adivino,
y mexicano además,
de seguro, lo que soy,
lo podrás adivinar!

5) Soy chiquito
y sabroso
y les gusto
por picoso.

6) Un viejito
muy arrugadito,
que en su cola
lleva un palito.

AENEMIHC

1a) Una varillita,
tan derechita,
que no se frondea
ni se marchita
y que saca humo
por su coronita.

1b) Alta y delgadita, echa
humo por la coronita.

2) Acostada o paradita,
larga, tiesa y delgadita,
dura, redonda, prietita;
lanza chorros por su boquita.

SEHCNIHC

1) Es mi vida aborrecida de
aquel que teme mi muerte,
a quien tengo por comida;
mátame el contrario fuerte
del calor, que me da vida.

ELTOPIHC

1a) Soy un viejito,
muy arrugadito,
tengo un palito en el culito.

1b) Una viejita, muy
arrugadita, en su tronco,
en su rabito.

OYAMIRIHC

1) En el cerro de Chi
mataron a Ri,
los hijos de Mo
dijeron: que Ya.

SAPSIHC

1) Yo vi cien damas hermosas
en un momento nacer,
ponerse como una rosa
y en seguida perecer.

2) Como rosas encendidas
en un momento lucieron
y como almas perseguidas
así desaparecieron.

3) Chis-chis, pa mí,
chis-chis, pa vos,
chis-chis, pa todos los que
matean en el fogón.

OTIVIHC

1) Soy travieso como un niño,
con la frente sé topar;
me gusta la yerba fresca
y me encanta retozar.

(ZÍAM) OLCOHC

1) Desde chico tuve barba,
no conocí peluquero;
yo nací como otros tantos,
y enseguida me vendieron.

2) Tiene dientes y no come;
tiene barbas y no se afeita.

3) En el campo monterano
hay un fraile franciscano;
tiene dientes y no come;
tiene barbas y no es hombre.

ETALOCOHC

1) Del cacerolo al tazón,
choco con mis enemigos
y me late el corazón.

2) Soy bebida exquisita
que a los niños les gusta,
de mañana y de noche ,
caliente y con espuma.

3) Choco pasa por mi casa,
late de mi corazón.

NÓIMAC ED REFOHC

1) Sin ninguna reticencia,
como una cosa normal,
se sienta delante de todos
y de ninguno está mal.

2) Voy manejando
con gran cuidado
este modesto,
limpio camión.
Por muchas calles
te voy llevando,
para que llegues
con precisión.

OTIRROHC

1) Me hago grandote...
me hago chiquito...
vivo en la fuente...
soy el...

AÑUHC

1) En el campo grita y no es
campero; pega el martillazo
y no es carpintero.

(ÍRBILOC)
OTRIMAPUHC

1) Soy un pajarito
de muchos colores
y me encanta chupar
la miel de las flores.

2) Mi primera es chupa,
mi segunda es arrayán,
y mi todo es pajarito
que meto para pensar.

NÓPUHC

1) El chiquito lo trae colgando,
y para poderse consolar
cuando le da por llorar,
se pone a mamar y mamar
para irse adormilando,
o para poderse callar.

ORRAGIC

1) Verde fue mi nacimiento,
negra fue mi mocedad,
y ahora me visten de blanco
cuando me van a quemar.

2) Soy hecho de dos cabezas,
hijo natural del vicio,
y por ser nombre propicio
tengo dos naturalezas,
acabo siempre abrasado,
hasta quedar en un tiro.

3) Mi exterior es siempre
blanco,
mi interior es pardo y negro,
algunas veces divierto,
otras reconcilio el sueño.
En oro, cual relicario,
suelen traerme, o al pecho,
y haciéndome mil finezas
me abrasan con vivo fuego;
pero mi tormento es
el acabar por el suelo.

4) No usa vestido ni enagua,
tan solamente camisa,
y cuando al hombre le place,
humo me vuelvo y ceniza.

5) Mi aroma es una esperanza
de sin igual ilusión,
que se torna en sensación
de delicias y bienandanzas;
es un instante, y de prisa
con el fuego me consumo,
y al ir cambiándome en humo,
termino siendo ceniza.

6) Hombres y damas lo
apetecen y lo suavizan a
apretones, con los labios lo
humedecen, es decir: chupan
la punta, y le dan golpes y
jalones. Se lo meten, se lo
sacan, y la punta le sacuden,
y aunque muchos lo duden,

una vez ya achicado...
la punta le machacan
y lo dejan abandonado.

7) Negro fue mi nacimiento,
verde mi crecer
y en una sábana blanca
me envolvieron para morir.

8a) Dos encuerados
cargan un muerto,
de hábito blanco
y de corazón prieto.

8b) Dos hombres
cargan a un muerto,
con su hábito blanco
y su corazón negro.

8c) Entre dos vivos
levantan un muerto,
con la túnica blanca
y el corazón hosco.

AÑEÜGIC

1) Largo, largo
maldito lo que valgo.

OGEIC

1) ¿Quién es aquel que su ser
consiste en que él no se vea?
Y aunque mucho lo desea,
si se ve, deja de ser
una cosa oscura, y fea.

ATIRCSE AICNEIC

1) Vi que en las manos de un
cuerpo sin vida estaba
guardado tan rico tesoro,
que es como arena el más
fino oro puesta en su precio
por ser sin medida;
aquel que lo tiene a todos
convida que gasten, y gastan
y no tienen mengua,
con alma la gozan y danla
con lengua, y aquesta riqueza
jamás fue perdida.

AICNEIC

1) Siempre con los sabios
voy como prenda generosa;
nunca entre necios estoy,
la cosa más fácil soy
y la más dificultosa.

OLEIC

1) En un alto muy labrado
dice que vio un edificio
redondo, nada cuadrado,
de toda parte cerrado,
sin ventana ni resquicio;
dice que el lugar es sano
y que le contaron del
que ninguno entra en él
sin ponerle a saco mano.

2) Lo vemos en lo alto,
de día, muy azul;
mas usa en las noches
un negro capuz.

3) En él vemos las estrellas,
dando su claro fulgor;
y en el día en él miramos
cómo resplandece el sol.

4) Mi papá tiene un dinero,
no lo puede contar;
mi mamá tiene una sábana,
no la puede doblar.

5) En mí viven las estrellas
y la luna y el buen sol.
¿Puedes decirme, niñito,
quién soy yo?

SALLERTSE Y OLEIC

1) Lienzo tirante,
botones brillantes.

2a) Mi papá tiene una sábana
que no alcanza a desdoblar;
mi papá tiene dinero
que no alcanza a contar.

2b) Mi mamá tiene una
sábana grande
que no la puede doblar;
mi papá tiene mucho dinero
y no lo puede gastar.

2c) Mi mamá tiene un talego
de maquilla, una sábana que
no la puede doblar.

SÉIPNEIC

1) ¿Cuál es, cuál es
un animalito
que tiene muchos pies?

OVREIC

1) ¿Cuál es el animal que no
puede tener pelo en las patas?

ALEURIC

1) Botón colorado,
barriga de palo.

ENSIC

1) Adivina, adivinando: ¿Cuál
es el ave que muere cantando?

LEVALC

1) Ciento cincuenta
y una vocal, cinco y artículo
una flor dan.
*(CL en números romanos
equivale a 150 y V a 5).*

2) Soy como hierro labrado,
en mi nombre no hay color,
es suavísimo mi olor,
me he criado al sal y al agua,
adornando un corredor.

OVALC

1) Yo soy aquel desdichado,
que es tan grande mi bajeza,
que después que me has
comprado,
me quebrantas la cabeza.

2) En las manos más sagradas
crudo martirio yo dí,
si bien al darlo, me dieron
duro en la cabeza a mí.
Soy de clase muy variada
y, ya me pueden guisar,
ya ponerme los maderos
o pared a sujetar.
Unas veces aseguro,
sirvo otras para colgar,
y el cajón cierro del muerto
que conducen a enterrar.
Es más ancha mi cabeza
que mi cuerpo, y en el pie,
tengo una lanza que meto
donde menos piensa usted.

3) Tengo la cabeza dura,
me sostengo sobre un pie
y soy de tal fortaleza
que a Dios hombre sujeté.

4) Entra parado
si con presteza
le empujas la cabeza;
y sale doblado
si con las orejas
lo has jaloneado.
¿Lo has adivinado?

5) Tengo la cabeza dura,
me azotan como macho,
como calina me empacho.

6) Yo nací con calentura,
me azotan como macho
y tengo la cabeza dura.

ONAJURIC

1) De cinco pregunto y el
uno es un sastre
que no cose ropa sino
colorada y nunca la cose sino
por desastre por ser sin tijera
la ropa cortada.

ANICOC

1) Ahí está la cocinera
trabajando sin cesar; junto a
la estufa se encuentra. ¿Qué
cuarto es?... ¿Tú lo sabrás?

OLIRDOCOC

1) Es verde y muy grande;
es un fiero animal;
y curten sus pieles
que muy caras dan.

2) A la orilla del pantano
me salgo a tomar el sol;
nadie viene a molestarme
porque me enfurezco yo.

EHCOC

1) Un bulto veo venir, sus
pasos no hay quien los cuente
y cuando se acerca a mí,
meto mi cuerpo en su vientre.

OREHCOC

1) Maneja desde lo alto, como
rey que está en el trono; pero
si me da la espalda, disimulo
y lo perdono.

ETEHOC

1a) Tito, tito, capotito
sube al cielo y pega un grito.

1b) Tito tito capotito
sube al cielo y tira un grito.

1c) Tito, tito, con su capotito,
sube al cielo y pega un grito.

2) Un negrito
dio un brinco,
llegó al cielo,
dio un grito
y cayó al suelo.

3) Fui al mercado,
compré un negrito;
cuando llegué a la casa,
lo boté al cielo.

4) En medio de un cerrito
bajaron a un catrín;.
su sangre quedó estampada
y su cuerpo como un violín.

LACOC

1) Un señor alto, alto,
con varias bolas al cuello.

OCOC

1) Mi primera es mi segunda,
mi segunda es mi primera,
y mi todo es una fruta
que viene de lejanas tierras.

2) Está siempre colgado,
y si lo vas pelando...
por dentro es aguanoso
y por fuera es barbón;
es duro del cascarón
y prieto, pero ¡sabroso!
y dice opinión general,
que aparte de lo oloroso,
su primera es segunda,
su segunda es primera;
y su todo es una fruta
que viene cruzando la ruta
de la tierra tropical.

3a) Cielo arriba, cielo abajo
y agua en medio.

3b) Cielo arriba,
cielo abajo,
en medio una laguna
de agua.

3c) Blanco arriba
y blanco abajo
y en medio una laguna.

OYUCOC

1) En su cabecita
tiene lamparitas
de luz verde,
cuando el sol se oculta,
él las enciende.

LOC

1) Pañales sobre pañales,
pañales muy sedosos
la envuelven desde chiquita
y hacen guisos sabrosos.

OJOC

1) Tenía ciertas cualidades
un animal que yo vi,
el cual pasó por aquí
y con estas propiedades:
que sólo dos pies pasea
y con los tres pies cojea
y con cuatro va más mal,
quién será aquel animal
que aun apenas se rodea.

ALOC

1) Soy para algunos sabrosa,
y por experiencia ves
ser para otros enfadosa,
y tengo en ser pegajosa
gran parte de mi interés.

SAREDALOC

1) A viejitas muy viejitas,
chaparras y redonditas,
de cerradas verijitas,
pelonas y barboncitas,
que ya no pueden ni orinar;
tú les das de nalgaditas,
y por sus rendijitas,
se ponen luego a mear.

ARELÓC

1) Soy tan airada mujer
que me mataré con ciento
y con más, si es menester,
y aunque ayudo a tu sustento,
procura no me temer.

LARUTAN ROLOC

1) ¿Quién nació y está contigo
y en ti mengua con creciente,
tú procuras que se aumente
y si te falla este amigo,
también es tu vida ausente.

ODAJNARANA ROLOC

1) Soy el color bello que
tiene la naranja; y si no eres
tonto, dilo sin tardanza.

OJOR ROLOC

1) Es bello color de fuego,
es color del arrebol;
es el color como sangre,
del mexicano pendón.

ATELOIV ROLOC

1) Diciéndole no lo diré,
el color que a mí me adorna.
Yo soy la humilde violeta;
dice el color quien me nombra.

ATELOC

1) En las seis letras que tengo
puedes fácilmente hallar
un guerrero valiente
que vivió en la antigüedad,
y del que algún anticuario
más noticias te dará;
un baile jacarandoso;
lo que se lleva detrás;
una hortaliza muy buena;
una buena cualidad
de todo empleado público;
una nota musical;
tiempo presente de un verbo
que mucho puede ilustrar;
lo que llevaba sin duda
Cortés y el Gran Capitán;
una mujer sin ventura
que presa y sin calma está;
lo que para hacer vestidos
no tiene en el mundo igual;
cosa que nunca sin ella,
el buen cazador se va;
un poeta de otro siglo;
lo que el pastor cuida más;
lo que en el piano toba,
doña Tecla sin parar;
el nombre de un caballero,
y de agua en cantidad
que va y viene y no se para,
y el todo lo encontrarás
en los que muy bien torean
y en los que torean mal.

ANEMLOC

1) Un convento muy cerrado,
sin campanas y sin torres,
tiene monjitas adentro
haciendo dulces de flores.

2) Esta es una teología,
no tiene chinches y cría;
a los muertos les da alivio
y a los vivos alegría.

RALLOC

1) Largo de hueso
para tu pescuezo.

(ROBUR) ETEROLOC

1) A las damas ruboriza
cuando las acaricia,
poniéndolas coloradas;
si pasa lento o de prisa
por sus caras anheladas.

LAMOC

1) Fui a la plaza,
compré uno blanquito,
llegué a mi casa,
se volvió negrito.

2) En un llano,
muy parejito,
en donde brincan y saltan
los pajaritos.

SALLIMES Y LAMOC

1) En un patio bien barridito
brincan y saltan los encueritos.

OCIMÓC

1) Mis extremos son de coco;
mico soy por todos lados;
y, aunque a veces me
hago el loco,
mis actos son celebrados.

AICNEICNOC

1) Hablo... y no he tenido voz
y aunque les parezca raro,
no uso capa ni vestidos
y sin embargo me mancho.
Tengo muchas profesiones
y es mi saber a tal grado,
que me hago la indispensable
en cuantas partes me hallo.

AHCNOC

1) Soy nombre a la mujer
aplicado, y en el mar y en la
playa con frecuencia me has
encontrado y si al revés
quieres leerme,
allá en las islas Filipinas
soy reptil familiarizado.

2) Tengo el nombre de una

niña, vivo en el fondo del mar;
si quieres jugar conmigo, en
la playa me hallarás.

RODNÓC

1) Blanco fue mi nacimiento;
negra fue mi mocedad;
se me peló la cabeza
y no sé por qué será.

OJENOC

1) En el campo me crié,
triste muchacho mancebo
y padezco los tormentos
de Bartolomé y Lorenzo;
no soy ángel ni demonio,
ni puedo entrar en el cielo.

2) Primero que ningún santo
anduve por el desierto,
vestido de franciscano
descalzo, de mozo y viejo;
no soy confesor, ni santo,
ni puedo entrar en el cielo.

3) Parezco bola de nieve,
tengo dos orejas largas,
los ojitos colorados
y la nariz respingada.

ODIREH OJENOC

1) El postigo es estrecho,
los dos no caben,
entre más diligente,
los dos se aguarden;
y después que han logrado
lo que han querido,
arrastrando lo traen
al dolorido.

AZNATSNOC

1) Con la coz de la escopeta
y la voz de la campana,
en poniéndole dos letras
es el nombre de mi dama.

OJABARTNOC

1) Instrumento de cuerda
a un hermanito recuerda.
¡Qué trabajo da llevarlo,
por no poder desarmarlo!...
¡Qué papelón! En la orquesta
es el que siempre protesta,
y por grandote y panzón
no sale de segundón.

LAROC

1) Soy un arbolito que crece
en el mar; de mis ramas rojas,
cortan pedacitos
¡y hacen un collar!

APOC

1) En los convites no falta,
en los sombreros se ve,
y, para ruina de muchos,
es un palo con otros tres.

2) Es un vaso y tiene pie,
forma parte del sombrero,
es palo de las barajas
y en los árboles la veo.

ATABROC

1) Cuando un hombre se
agacha, luego luego se le
cuelga; de su lugar se le sale
y luego se le pandea,
mas si a la calle sale,
el aire se la menea.

2) ¿Qué le cuelga al hombre?

LEDROC

1) Fui un tiempo
pequeña hierba,
mas después de gran servicio
doy dolor, y muerte acerba,
y sustento un artificio
que la salud os conserva.

2) Sale de casa ericogidito
y vuelve para casa estiradito.

ANOROC

1) ¿Quién está a mayor altura
y lugar más elevado
que un rey, aunque esté
adornado
de su real investidura
y en su trono colocado?

OERROC

1) Fui y volví; noticias *traí*.

2) Una que no tiene pies,
que con no tenerlos corre,
y que con sortijas ves,
y a su tiempo nos socorre,
¿Sabrásme decir quién es?

LATSOC

1) ¿Qué cos', qué tal?
El precoz de Don Pascual.

ALLITSOC

1a) Metida estoy en la tierra
enseñando la comida
para quitarle la vida
a aquel que venga a comerla:
mi excepción es de Eva,
aunque cuerpo irracional,
y me llevan a curar
entre el arado y la esteva.

1b) Debajo de tierra estoy
enseñando la comida;
el que venga a comer
ha de costarle la vida.

SALLIUQSOC

1) ¿Qué es la cosa que desplace
juntamente y da contento,
quita la fuerza y aliento,
y estos dos efectos hace:
da placer y sentimiento?

2) Una cosa es, que jugando
da placer y da tormento
a un tiempo, pero es señal
que manifiesta contento.

3) Primero te dan contento,
hacen que te carcajees,
hacen que te pedorries,
otras veces que te mies;
te quitan fuerza y alimento
y dan placer y sentimiento.

ARUTNUYOC

1) Suelen llamar ocasiones,
siendo partes de vivientes,
que afligen a ancianas gentes
dando dolor, y pasiones
con humores diferentes.

NEMIRC

1) No soy de carne ni hueso,
y casi siempre escondido
por lo general estoy
en la cárcel o presidio.

NÓLOC LABÓTSIRC

1) ¿Quién dirigiendo

sus tres carabelas,
el doce de octubre,
llegó hasta la América?

2) En tres carabelas
crucé el ancho mar
y tierras de América
vine a conquistar.

ZURC

1) Cuál es el árbol de sólo
tres ramos sin hojas ni flores,
mas llevan tal fruto que a
veces nos vale por
salvoconducto si estamos
en villa o si caminamos.

2) En el campo me crié,
sin beneficio ni riego,
y tengo tanto poder
como el Señor en el cielo.

AMSERAUC

1) ¿Cuál es la vieja indigesta,
que nace y muere
anualmente, y se anuncia
diligente con sacra y profana
fiesta cambiando el gustó
a la gente?

OCUC

1) Cuco que no es fantasma,
aunque por aire se eleve,
su canto le pide al viento
que en su ráfaga lo lleve.

ARAHCUC

1) En las mesas opulentas
soy la primera que sirve
y enemiga de los dedos
me ven con mucho cariño;
abarco ricos manjares,
dulces y postres muy finos.

2) Agarrando su manguito,
con ella tomas la sopa,
la nieve, la mermelada
y otras muchísimas cosas.

3) Una mulita cargada entra en
la quebrada; sale descargada.

NÓRAHCUC

1) Cucha es mi nombre,
Ron, mi apellido;
quien lo adivine
se casa conmigo.

2) Si las damas lo desean,
lo menean,
pues él mueve el asiento
caliente de las señoras,
o sea el fundamento
de las nuevas o tiznadas;
al acercarse las mentadas
horas del alimento.

OLLIHCUC

1) Me coges con la mano
y estoy bien afilado,
para que cortar puedas
la carne y el guisado.

2) En un cuarto muy oscuro
meten y sacan a Juan
desnudo.

3) ¿Cuál es el animalito
que cuanto más come
más flaco se pone?

ODAHCNALP OLLEUC

1) Parece anillo y no es;
rodea, pero no al dedo;
siempre planchado lo ves;
no es de oro ni es de acero.

OVREUC

1) Blanco fue mi nacimiento,
morena mi mocedad,
se me peló la cabeza,
adivine qué será.

ARBELUC

1a) Soy dama cruel y
temerosa, me paseo por un
verde prado; todo el que me
mira se queda espantado,
y tengo un vestido
que no fue comprado,
ni por la mano de un sastre
cortado.

1b) Una dama en un verde
prado, que tiene un vestido
de seda bordado.

2) Estoy sin huesos, ni pies,
aunque los tuve algún día,
que fue la desdicha mía
tal, que puesta al revés
me estruja la sangre fría.

COMÉTHUAUC

1) Crueles e infames
tormentos me aplicó
el conquistador
por defender a mi patria
para darle gloria y honor.

D

D ARTEL

1) Se me mira con dolor
cuando estoy en el poder;
nunca falto a mi deber
aunque esté con un traidor.
Soy ajena del rubor,
pero no de la virtud,
siempre le hallo en juventud,
en la dicha o decepción;
pero nunca en oración,
ni aún estando en senectud.

SODAD

1) Estaréis a perros dados,
porque no podéis jugar
el juego de los soldados,
siendo a muerte condenados,
esto es fácil de acertar.

LITÁD

1a) Alto como un pino,
chaparro como un sabino,
dulce como una miel,
amargo como una hiel.

1b) Alto, alto como un pino;
dulce, dulce como "una miel";
amargo, amargo como
"una hiel".

2) Soy un soberbio pagano,
que a todos llevo la palma;
y en gusto y valer la gano;
nací de un gigante enano,
blando el cuerpo, dura el alma.

LADED

1) Carne en mi boca sostengo,
mientras estoy trabajando;
con ojos me está picando
mi dueño, a quien mantengo,
cuando está perseverando.

2) Redondo, redondo
como vaso sin fondo,
vaso no es;
adivina qué es.

3) Sin ser sombrero yo cubro;
sin ser hoyo pozos tengo;
sin ser coraza protejo;
sin ser guante voy al dedo.

4) Chaparro, duro, cacarizo,
va la cabeza empujando
y a las flacas apurando
para que quede macizo
lo que les anda colgando.

5) Un cucurriquito con cien
y mil mellas, lo gastan las
damas, también las doncellas,
sábenlo estimar, sábenlo
querer, dime cucurriquito,
si sabes qué es.

SODED

1) Di, ¿quiénes son los diez
hermanos que no tienen
igualdad? Danle sustento las
manos; largos, generosidad
denotan; cortos, villanos.

2) Uno larguito,
dos más bajitos,
uno chico y flaco
y otro gordonazo.

3) Son hermanos
muy unidos,
donde quiera
van juntitos.

LATNALED

1) La cintura te la rodea
con las bolsas por delante,
te pone rete elegante
y te cubre lo que chorrea.

OINOMED

1) Si es tan aborrecible
pensar en él o mentirle,
decid Señor imitarle,
cuánto será más terrible
pues los soberbios le imitan
y los que guerras incitan,
y los malignos odiosos,
y los viles envidiosos,
y los que de Dios se quitan.

OCIRFÍTNED

1) Con la mano se le toca,
se le da un apachurrón,
se le saca el zurrón,

se embarra en el barbón
y se introduce en la boca.
Empieza luego el trabajo:
hacia arriba, hacia abajo,
hacia uno y otro lado,
hasta que queda lavado
lo que tenemos debajo.

ATSITNED

1) ¿Quién te tiene sentado,
con la boca abierta,
con el fierro abusado
y la mano en la puerta?

2) Esta pregunta formal
podrás contestar al menos:
¿cuál es el animal
que come con dientes ajenos?

(RODALLINROTSED)
RODAMRASED

1) Se mete en las rendijas
y empuja las verijas.

ETRADUNSED

1) Silo haces, tienen que
hacerlo;
si no lo haces, te lo hallas
hecho.

SAREDALIBAPSED

1) Cortan con grande primor
lo que sobra a un elemento,
y tiene tan mal olor,
que por no dar descontento
las cierra luego el señor.

2) Ando a tornos como ves
porque la naturaleza
quiso formarme al revés,
pues ando con la cabeza
por no haberme dado pies.

RODAPATSED

1) Igual que don Juan Tenorio,
es violador de doncellas;
pues las destapa a ellas,
en término perentorio.

AÍD

1) Yo soy un joven gallardo,
de claros rayos vestido,

por tiempos me enfrío, y ardo,
y el mundo y sus cosas, mido.

EHCON Y AÍD

1) Dos hermanos que sin cesar
nacemos uno de otro.

2) Siete hermanitos,
todos igualitos,
un tiempo claritos,
un tiempo oscuritos.

ETNAMAID

1) Es mi talla muy pequeña
y tengo mucha importancia,
y sólo con dar vueltas
me convierto en fiel
guardián.

2) Día, pero no del año,
amante, jamás engaño;
soy de cuna baja, oscura,
pero con afán tamaño,
todo el mundo me procura.

ASOHCID

1) En siete letras que tengo
mira lo que encontrarás:
lo que más respeto inspira
a toda la cristiandad;
lo que ayer fue, lo que es hoy,
lo que mañana será;
una fiera, una aventura;
un monosílabo enérgico
que comprende un animal;
una carta; lo que dice
el que te manda callar;
una dama mitológica;
un ave y juego además;
lo que dice un diputado
que no es amigo de hablar;
una prenda muy de abrigo,
que puede ser un costal;
y sensación poco grata
que no puedes dominar;
y, en fin, el todo pensando
un rato, lo encontrarás.

ETNEID

1) Muelo sin ser molinero,
soy cual un piñón mondado,
hago muy buen compañero,
ajo alguno me ha llamado,
mas ese nombre no quiero.

ORENID

1) Vi un gran señor nacido de tierra,
que en tierra se trata y en tierra se torna
y a muchos levanta y a muchos trastorna;
a unos da paz y a otros da guerra,
quien mucho le quiere tanto más yerra;
que a los que le sirven los trata peor
porque ellos le sirven, mas a éstos aterra;
decidme quién es aqueste señor.

2) Aunque no tengo enemigos,
ando de continuo armado
para defender amigos:
conmigo hay gusto y cuidado,
por mí premios y castigos.

3) Quien es un grande señor,
que ha nacido de la tierra,
tiene armas en paz y en guerra,
a unos da gran dolor,
a otros en ausencia entierra.

4) No tengo ni un solo pelo,
soy pálido, seco, enjuto,
valgo poco, y sin embargo,
mucho valgo y valgo mucho.
Soy para el hombre preciso,
como el pan de cada día;
soy su bien y su alegría
y le sirvo de perjuicio.
Soy el origen del vicio
y la noche la hago día.

5) Soy el padre de los vicios,
y tengo peso y medida;
si me odian es preciso
que acudan a mí enseguida.
Si proporciono alegría,
si sólo ocasiono pena,
dicen que la culpa es mía
o tan sólo me condenan.
Pero, lo cierto y real,
es que a nadie caigo mal;
y que, por mí, todos hacen
mil cosas; ¡y se deshacen!

6) ¿Quién es ese gran señor
que ha nacido de la tierra,
tiene armas en paz y guerra,
que a unos les da valor
y a otros su falta entierra?

SOID

1) Yo soy quien será y quien fue
que el orbe y su redondez
sustento firme, y tal vez,
por alzarle me abajé.
Soy el durable y el bueno,
el grande y bello también,
que estoy, hombre, por tu bien
de misericordia, lleno.
Tengo mi asiento en la cumbre
donde es la región más pura,
dó hay temer noche oscura
que la destierra mi lumbre.
Tú, temerario adivino,
si de entenderme presumes
en vano el tiempo consumes,
sabe que soy uno y trino.

2) ¿Qué es un río sin ribera,
profundo sin tener suelo,
tal que cada vez que quiera
sin crecer tiene manera
de estar más alto que el cielo?
Sin menguar y sin crecer
¿cómo haremos que cuadre,
que estando siempre en su ser,
para menos parecer,
Él mismo sale de madre?

3) Nadie lo ha visto en el
mundo y todos hablan de él.
Por sus obras lo conocen.
¿Adivinas ya quién es?

4) ¿Quién hizo la tierra,
el cielo y el mar?
¿Quién todo lo puede
y todo lo da?

OTCAPMOC OCSID

1) Hablo sin que tenga lengua,
canto sin tener garganta,
tan sólo con iluminarme
con una luz afilada.

ACOD

1) Verde la como,
madura no,
ya viene el tiempo
que adoro yo.

ROTCOD

1) Siempre viene a verme,
cuando estoy enfermo;
y sus medicinas
tomo sin remedio.
¿Quién es?

ALITIMOD

1) Tres notas musicales,
la sexta en la cuarta,
tiene la mamá de Marta;
terminadas en vocales.

RIMROD

1) Es algo que todos hacen
con agrado, a maravilla,
y no hay en el mundo alguno
que prescinda de ello, y viva,
y aunque hacerlo
todos pueden,
y no es difícil de hacer,
hacerlo por otro, nadie
lo intenta, ni ha de poder.

ONZARUD

1) En un cuarto muy oscuro
estaban dos individuos.
Una señora pasaba,
tiene tortillas duras
y les dijo:
—¿No quieren tortillas
duras?
Y respondieron ellos:
—No.

2) En un cuarto bien oscuro
hay un vivo y un muerto.
El vivo le dice al muerto:
—¿No compra tortillas duras?
El muerto dijo: —No.

3) Fui a la plaza,
se me dijeron:
—¿Tortillas duras?
Y dije: —No.

4) Cuando chico pelado,
cuando grande peludo.
¡Qué rico bocado!

ORENZARUD

1) Mis ramas sin hojas
se llenan de flores
en el mes de enero.
¿Sabes tú quién soy?
Soy el…

2) Muy terso, aterciopelado,
soy orgullo del frutero,
rosado, fresco y fragante,
soy fruto de un…

E

E ARTEL

1) Si yo quiero está en la tierra,
si yo quiero, en el infierno,
pero no en el purgatorio;
si yo quiero está en el cielo,
en el limbo siempre falta,
dime ahora lo que quiero.

2) En medio del cielo estoy,
sin ser lucero ni estrella;
no soy sol ni luna bella;
adivinen lo que soy.

3) Soy una entre dos hermanas,
de tan varia condición
que siempre en pena me miro
y nunca estoy con dolor.

OCE

1) En mi nacer mi morir
y aunque sin cuerpo y sin alma,
a veces turbo la calma
de aquel que me llega a oír;
mi misión es repetir
lo que escucho a los demás,
por eso sin más ni más
causa tal miedo y pavor,
que algún tonto o soñador
me toma por Satanás.

ODAROM ANELE

1) De su novia, el enamorado,
su nombre le es desconocido
a pesar de su amor repleto;
y pese a estar anticipado
al color de su vestido.
¿Cuál es su nombre completo?

2) Si el enamorado
fuera entendido
aquí te doy mi nombre
y el vestido.

3) Si el enamorado
no pierde su tino,
aquí le mando el nombre
y el color del vestido.

OIRETUELE

1) Una L, una U,

y una T pronunciarás,
y tres sílabas tendrás
del nombre que buscas tú.
Lo restante de esta voz
son tres letras, en que un ente
se ve líquido y potente
que sin pies corre veloz.

ETOLE

1) Un niño franciscano,
tiene dientes y no come,
tiene barbas y no es hombre.

2) Es largo como espada,
tiene dientes y no muerde,
antes lo muerden a él.

3) Tengo muchos dientitos
que no saben morder;
¡cuando estoy bien cocido,
tú me puedes comer!

ODUBME

1) Si me metes por un lado,
me sale chorro delgado;
si por otro, sólo por eso,
me sale el chorro grueso.

2) Me hago para un lado
me dicen chorro delgado;
me doy vuelta por eso
y me dicen chorro grueso.

ORETSUBME

1) Peca y no peca
y solito se confiesa.

ORENE

1) De los meses del año
soy el primero y después de
mí sigue, justo, febrero.

2) Yo soy el mes del año,
que trae a los Santos Reyes;
y traigo mucho frío.

¿ECERAP ES EUQ NE?

1) ¿En que se parecen las
sopas de ajo a los corsés?
En que arreglan el cuerpo.

2) ¿En qué se parece un
hombre a un aeroplano?
En que el hombre tiene sesos
y el aeroplano se sostiene.

3) ¿En qué se parecen los toreros a las cocineras? En que hacen sus ahorros de plaza en plaza.

4) ¿En qué se parecen las mujeres que van con osos por la calle a un automóvil? En que las mujeres son húngaras y el auto necesita un *garás*.

5) ¿En qué se parece un aprendiz de carpintero a un perro? En que menea la cola.

6) ¿En qué se parece el trabajo de García Márquez a un señor que está contando una baraja a la que le falta el as de oros? En que no-vel-as.

7) ¿En qué se parece el café a una persona que mete la pata? En que se cuela.

8) ¿En qué se parece un acomodador a una taza de té? En que sienta bien a cualquiera.

OTNEIMIDNETNE

1) No hago pasos de garganta,
que ni tengo voz ni canto;
que los míos subo tanto,
que a veces quien me levanta,
la cabeza le quebranto.

ORREITNE

1) ¿Qué hay después de la muerte?

AIDIVNE

1) Es un monstruo, el más horrible, que jamás saciado está, y del mérito, enemigo siempre ha sido y lo será.

2) Del propio bien descuidada
y del ajeno oprimida,
soy una cosa suicida
en devorarme ocupada.
Me miran desfigurada,
pálida, triste, ojerosa,
no de mi mal pesarosa,
sino del bien que propicio
obtuvo en su beneficio,
el que odio, por rencorosa.

ETOZAPE

1) Un caballito
de banda a banda;
cada paso
le dan su azote.

2) Epa, epa,
en cada esquina
me doy mi azote.

ARELACSE

1) De ella nunca tomes cal,
aunque dices es calera;
no le hagas tanto mal,
pues que da con rostro igual
el paso, y mesa a cualquiera.

OJABARACSE

1) Quién es aquel que sin
padre criado,
de alas y pico muy bien
proveído,
que nunca se halla ser solo
nacido,
y es duro de carnes, color
quemado.

2) En el monte está un buey
negro, que no es del amo ni
del boyero.

3) Brama como el toro;
relumbra como el oro.

ABOCSE

1) En el monte me crié,
y de lo que un tiempo fui
tan olvidada quedé,
que a mucha gente enseñé,
que no lo fuese por mí.

2) Soy limpia de condición,
háceme que no lo sea,
quien en oficio me emplea
de visitar el rincón,
que curioso ver desea.

3) En el campo verdeguea
y en la casa culea.

4) En el monte fui nacida
una mujer desgraciada,
por los suelos arrastrada,
con la garganta oprimida.
No tiene aliento ni vida,
la engordan y se enflaquece,
sólo cuando hace, crece,

cuando sirve, es cuando mengua
y aunque no tiene ni lengua,
hace un ruido que ensordece.

5) Sale de la sala
y entra a la cocina,
meneando la cola
como una gallina.

6) Flojita, flojita,
por los rincones,
tú de puntitas
y yo de talones.

7) Te mete bolitas
y te hace montones
por tus rendijitas
y por tus rincones;
tú en las puntitas
y ella en calzones,
tú con prisitas,
ella a empujones.

8) Sale de la sala,
entra en la cocina,
se mete en las rendijas
y pasa por la alcoba
meneando la cola
como una gallina.

9) Fui a la plaza,
compré una bella,
llegué a la casa
y bailé con ella.

10) Tiqui, titiqui,
por los rincones,
tú de puntillas,
y yo de tacones.

11) Lingua, ni lingua,
tú de puntitas
y yo de talón.

12) Chiqui, chiqui,
por las orillas,
chiqui, chiqui,
por los rincones.

13) Ando de la sala,
voy para la cocina,
meneando la cola
como una gallina.

14) Estoy escondida
en un rincón;
cuando hay basura,
entro en acción.

15) En el monte nace,
en el monte se cría
y en las casas baila
sus alegrías.

16) Salgo de la casa,
voy a la vereda,
pasa que te pasa,
limpio todo queda.

17) Tan largo como un pino
y tiene barbas de capuchino.

ATEPOCSE

1) Un caminito
muy oscurito, muy oscurazo,
lleva la muerte dentro
y un hombre la lleva al
brazo.

2) Mi abuelita fue al monte
y en medio pegó un grito.

3) Fui al monte, pegué un
grito, fui a la casa
y tiré un brinconcito.

4) Mi tía Teresita
se fue al monte
y pegó un grito.

5) Una dama bien formada,
llena de mil aparatos,
lleva la muerte consigo
y el hombre la lleva en brazos.

OIROTIRCSE

1) Oficio de ángel poseo
y cuanto más lo ejercito,
más a mi dueño recreo;
dicen que soy muy escrito,
mas yo ni escribo ni leo.

ARUTIRCSE

1) Campo blanco, semilla
negra, dos que lo ven
y uno que la siembra.

2) Campo blanco,
flores negras,
un arado
y cinco yeguas.

LANOICAN ODUCSE

1) Estampado en la Bandera
tú lo puedes contemplar;
formado por una víbora
un águila y un nopal.

2) En medio de la Bandera
luce bello y majestuoso;
con su águila altanera
y con su áspid venenoso.

EGNIFSE

1) Es animal fabulosa;
finge todo su saber;
mudo su rostro de piedra,
miran sus ojos sin ver.

ADAPSE

1) Una taza es mi divisa,
una cruz me perfecciona,
es de acero mi camisa,
y el hombre me confecciona.

2) Tengo vaina como el haba,
engrandezco capitanes,
lleva en una punta muerte
y en la otra gavilanes.

3) Al nacer fui maltratada;
mi dueño me tiene amor,
y aunque soy mujer honrada,
me suele tener atada
y con guardia mi señor.

4) Sale de su sepultura
con la santa cruz a cuestas,
unas veces salva al hombre
y otras la vida le cuesta.

5) Aunque tengo gran pudor,
valgo más si me desnudan;
al verme así, muchos sudan,
los cobardes, de temor.
Al diablo causo pavor,
pues la cruz en mí se halla,
y hallándome en la justicia,
me encuentro con la malicia
en los campos de batalla.

6) Yo castigo al delincuente
y al noble le doy honor,
al cobarde doy valor
y resguardo al inocente.
Gloria doy en las campañas;
en la ciudad brillantez,
y no hay una sola vez
que no cuente mil hazañas.
Me presto a las diversiones,
muy jovial y placentera,
y soy el arma primera
que honran las cultas
naciones.

7) Es de nobleza el crisol,
muy propensa a la crueldad,
dama de alta calidad,
que desnuda sale al sol.
En estrechez y sin luz
vive, y su prisión oscura
sólo tiene una abertura,
que ella tapa con su cruz.

OGARRÁPSE

1) Tengo un sombrerito verde
y tengo un vestido blanco.
A la mesa voy entero
y vuelvo descabezado.

OJEPSE

1) Estoy dentro y no puedo
entrar.

2) Bien conocemos
haber criatura,
que pare y concibe
sin ser ofendida,
ni siente dolores
ni pierde la vida
y hace los hijos
de nuestra figura;
ni duerme ni vela
ni comer procura,
su hijo se muere
si el padre es ausente;
quiérenle las damas
y toda la gente
puesto que saben que todo
es locura.

3) Soy mueble muy estimado
de todas las hermosuras,
y las alegro y enfado
en razón de sus locuras,
de sus caprichos y agrado.

4) Un galán enamorado,
por las damas muy querido,
que jamás ha dicho nada
ni en mentira lo han cogido.

5) Aunque de negro vestido,
muy resplandeciente estoy
y aunque sordo y mudo soy
al que a mirarme ha venido,
todas las señas le doy.

6) En casa de un letrado mudo
fui a tomarle parecer,
ni él me habló ni yo le hablé
y su parecer tomé.

7) Limpio, claro, acrisolado
es mi ser, y aunque
estoy muerto,
en toditas mis acciones
alma parece que tengo;
si se ríen, yo río,
si lloran, hago lo mismo.
Sólo me falta el hablar,
en lo demás estoy diestro.

8) Yo quito, y doy confianza,
suelo hermoso parecer:

niño, viejo, feo, mujer,
y con ser tal mi mudanza
siempre me quedo en un ser.

9) Soy liso y llano en extremo,
y aunque me falte la voz
respondo al que me consulta
sin agravio ni favor.

10) Parado frente a él
yo me vi,
no pude entrar
y mejor me fui.

11) Con todo detalle
tu imagen refleja,
si por alguna causa,
en él te contemplas.

12) "Soy" adentro,
y no puedo salir.

13) Soy liso y llano en extremo,
y aunque me falta la voz,
digo en su cara a cualquiera
la más leve imperfección.
Respondo al que me consulta,
sin lisonja ni ficción,
y si mala cara pone,
la misma le pongo yo.

AZNAREPSE

1) Sumo el objeto a que aspiro
cuanto difícil esperar
cuando por mi bien suspiro,
aunque distante lo miro,
cercano lo considero.

OGIRT ED SAGIPSE

1) Queremos ir al molino
para darte blanca harina,
¿quieres llevarnos contigo?
Somos...

ANIPSE

1) Iba por un camino
y sin querer la hallé,
me puse a buscarla
y no la encontré;
y como no la hallé,
me la llevé.

OZANIPSE

1) Un viejito muy viejito,
con cien costillas y un pie.

SASOPSE

1) Esposas que nunca amaron
a quien las suele llevar
y al hombre hacen llorar
la libertad que quitaron.

ALEUPSE

1) Horquetín, horquetín,
a cada paso hace chilín.

2) Chiquitís, chiquitís,
abajo la teneis.

3) Una yegüita hosca,
colita rosca.

4) Me montas y me abrochas
en posición de horquetín,
andas con pasos muy piochas
y te hago ¡tilín! ¡tilín!

5) Lloronas de nacimiento;
con su llanto acompasado,
marchan en todo momento
con quien las ha colocado.

6) Chiquita, chiquita
y rezongona también;
se arrastra por el piso
y sigue requetebién.

ALLIPMATSE

1) De joven hago correr;
de vieja me hago buscar;
muchos me toman el gusto
y pego sin lastimar.

ETNATSE

1) A una pared arrimado
estoy siempre hecho un
Atlante,
no voy atrás ni adelante;
de muchos cuerpos cargado,
parezco en fuerza un gigante.

OÍTSE

1) Con tal desdicha nací,
que apenas tengo un amigo
que no se seque conmigo;
bocas se hace contra mí
la tierra si la persigo.

OGAMÓTSE

1) ¿Qué oficina puede ser
la que tiene puertas dos,
que en todos la puso Dios

porque ayuda a disponer
lo que os da la vida a vos?

EUQOTSE

1) Se mete y se ataca
hasta más no poder,
si no entra, se saca,
se limpia la punta,
saliva se le unta
y se vuelve a meter.

2) Esto que viene, esto que va
es arma blanca; di: ¿qué será?

SALLERTSE

1) Siempre quietas,
siempre inquietas,
durmiendo de día,
de noche despiertas.

2) Un platito de avellanas
que de día se recoge
y de noche se derrama.

3) Grandes, chicas y medianas,
nuestro número es cincuenta;
ésta es cosa bien sabida
y que se tiene por cierta,
pero si alguno cantarnos
intenta, se desespera,
y asegurar cuántos somos no
hay ninguno que se atreva.

4) Lienzo tirante,
botones brillantes.

5) Yo las miro allá en el cielo
que se encienden y se apagan;
y que brillan primorosas
en nochecitas calladas.

6) En las noches, en el cielo,
las encuentras a millones.
Son muy blancas, cintilantes
y te dan bellos fulgores.

7) En las noches las miramos
en el cielo cintilar;
son plateadas y brillantes
y su luz a todos dan.

8) De día dormimos
y de noche brillamos,
¿quiénes somos?

9) De noche al cielo
nos asomamos
a buscar a los niños
que tanto amamos.

10) Asoman por la noche
sin que nadie las llame;
desaparecen por la mañana
sin que nadie las robe.

11) Mi padre tiene un dinero
que no lo puede contar;
mi madre tiene una sábana
que no la puede doblar;
mi hermana tiene un espejo
que no se puede mirar.

12) Cada cual tiene la suya,
según humano sentir;
es el destino o la estrella,
¿lo has podido descubrir?

RAM ED SALLERTSE

1) Aunque soy estrella
no puedo brillar,
porque vivo escondida
en el profundo mar.

2) No es astro; está en el mar
y, sin embargo, se llama igual.

SOBIRTSE

1) Hermanos somos,
juntos andamos,
y un pie cada
uno sólo llevamos;
y en los combates,
y en los caminos,
son siempre iguales
nuestros destinos.

2) Sirven para subir
y también para bajar.
Se afirman ahí los pies
para poder cabalgar.
Al que los pierda una vez
le cuesta recuperarlos,
porque a cada dos por tres
no es tan fácil encontrarlos.

AVE

1) Una mujer se casó
no teniendo más que un día,
y a tanta prisa vivía
que antes de nacer murió.

F

AMAF

1) Soy veloz de tal manera,
que mis fuerzas van creciendo
al paso que yo, corriendo,
y con ocasión ligera,
por muchas partes me
extiendo.

OMSITANAF

1) Es una grande locura,
que en caos de religión
propende a exageración
en vez de suave cordura.
Si de lo exterior se cura,
suele despreciar lo interno;
duro siempre y nunca tierno,
del cielo aleja al cristiano,
y le lleva de la mano
a las puertas del infierno.

LORAF

1) Por un callejón muy oscuro
baja un viejo dando tumbos.

EF

1) Tengo la razón cautiva,
nadie agrada a Dios sin mí;
obra, y consérvame viva
si deseas verme arriba
lo que no pudiste aquí.

SATARRE ED EF

1) Yo soy una confesión
que jamás se hace en voz alta,
y si publico una falta
es para su corrección.
Este deseo me incita
a que tal rubor provoque,
y porque nadie equivoque,
y el pecado más repita.
Fijo señalo el lugar
del cometido pecado,
y queda justificado
quien yo llego a declarar.

XINÉF

1) ¿Sabrásme decir quién es
el que a su padre convida;
que le priva de la vida
que recupera después,
cuando la tiene perdida?

2) Símbolo de lealtad,
dechado de sufrimiento,
tipo de fidelidad,
modelo de sentimiento,
y fénix de la amistad.

ATURF

1) Cuando estoy verde,
me puedes ver;
cuando estoy madura
me puedes comer.

OCNEMALF

1) Llámase un ave muy grande
y también lo agitanado,
las mejores muy hermosas
y los nacidos en Flandes.

ANITNEROLF

1) Detrás de una esquina
hay una tina
llena de flores;
si eres discreta
aciertas mi nombre.

2) Si es que puedes, adivina:
¿Qué flor se cayó en la tina?

SEROLF

1) Las mariposas nos buscan
y las abejas también;
porque nosotras les damos
unas gotitas de miel.

RAHAZA ED SEROLF

1) ¿Cómo se llaman
las florecitas
que dan tan bellas
los limoneros
y que son blancas
y se parecen
a las estrellas
que hay en el cielo?

OCOF

1) Alumbro tu casa
con mis filamentos;
de noche, en la calle,
soy velo contento.
Soy blanco y muy frágil,
mis luces te doy;
a ver si adivinas,
niñito, quién soy.

AZELATROF

1) Con medio siempre discreto,
entre audacia y temor giro,
pues cuando el peligro advierto,
ya valeroso acometo,
ya prudente me retiro.

ANUTROF

1) ¿Quién da tormento
a solaces
siendo mudable señora
y nos derriba o mejora?
Es muy amiga de audaces,
pues su suerte no empeora.

OROFSÓF

1) Un niñito blanco,
cabecita roja,
si lo rascan grita
y después se enoja.

2) De forma alargadita
y tiesecita
y de cabeza roja,
se me antoja
que si la rascas, grita
y después se enoja.

AUGARF

1) ¡Rufa que rufa!,
muy calientita,
aunque viejita,
pero reempuja.

2) Cuanto más fresco le doy,
más caliente ella se pone.

ADAZARF

1) Durante todo el invierno
me tienen agasajada,
y en el verano me arrumban
porque no sirvo de nada.

ETNERF

1) Una casa y una pared,
más arriba un hueco,
más arriba dos ventanas,
más arriba dos espejos
y hasta arriba el corredor,
donde se pasean los viejos.

SONERF

1) Un tintín, un tantán,
un chiriví y un alacrán.

OÍRF

1) Si es muy fuerte en el invierno,
nos ponemos a temblar;
pero acaba con las plagas,
que tanta guerra nos dan.

2) Llega cada año,
con el invierno
y un abriguito
hay que ponernos.

SELOJIRF

1) Nos damos en una vaina
a la que se nombra ejote;
pero si a secar nos dejan,
tomamos luego otro nombre.

2) Soy negrito
y con un ojo.

ARAHCUCY SELOJIRF

1) Púlpito de barro,
sacristán de palo
y los negritos bailando.

OGEUF

1) Brilla como el oro,
es malo como un toro.

G

ANILLAG

1) Una señorita
muy aseñorada,
llena de remiendos
y sin ninguna puntada.

2) Aunque es la mujer
de un rey
que tiene muchas mujeres,
feliz vive en el serrallo
sin que se enoje ni encele;
a pesar de ser gran dama,
remendado su vestido
de muy variados colores
sin que los haya cosido.

3) Una señorita
muy enseñoreada,
llena de remiendos,
sin una puntada.

4) Una vieja,
no muy vieja,
con muchos remiendos
y sin una puntada.

5) En el patio de mi casa
tengo un palo de avellana,
que de noche se recoge
y de día se desparrama.

6) Con tierra me baño
en un agujero
y paseo muy limpia
por el gallinero.

7) En un nido hecho de paja,
me echo a calentar mis huevos
y después de tres semanas
tendré unos pollitos nuevos.

ACEULC ANILLAG

1) Tú te me empinas,
tú te me engrifas;
te meto los huevos
en las verijas.

OLLAG

1) Maravilla, maravilla.
¿Qué será?
Canta, pero no la misa,

tiene corona, pero no es rey,
lleva espuelas pero no es jinete.

2) Alto altanero
gran caballero,
gorra de grana,
capa dorada
y espuela de acero.

3) Barbas de carne,
rodillas atrás,
cara de hueso,
tú lo serás.

4) Tiene su pico encorvado,
y su bella cresta rubí;
sus plumas de mil colores
y canta; ¡ki-ki-ri-ki!

5) Barbas de sangre,
garras atrás,
cara de cuerno,
¿quién la tendrá?

6) Soy un ave de corral
que me acuesto
muy temprano
y que canto
al despertar.

7) Adivina cuál será
de las aves de corral
el que muy de madrugada
nos tiene que despertar.

8) Tengo mi traje de plumas,
mi corona de rubís;
soy el rey del gallinero
y canto kikirikí.

9) Soy el rey
del gallinero
y me levanto
el primero.

SONAM ED RANAG

1) Sin tener dedos ni uñas,
carne o nervios, eres mano;
no te ahorres con tu hermano,
porque a todos los rasguñas
y al que ofendes dejas sano.

OZNABRAG

1) Aunque no tengo
importancia,
por lo chiquito que soy,
a toda buena cocina
buena falta le hago yo.
Soy plebeyo como pocos,
porque en el suelo nací,

pero a pesar de todo esto
tengo mi buena nariz.

OTAG

1) En piedras hago señal,
de ricos, azote he sido,
y tiéneme por su mal
mi dueño, que está corrido
cuando yo le trato mal.

2) Mío soy, mas mi señor
dice que me trae de Zape,
doy a ratos gran dolor,
maravilla es que se escape
alguno de mi furor.

3) Mimado por todo el mundo
feliz mi existencia pasa,
y aunque me vivo durmiendo
a útil ninguno me gana.
De mí no hay otro en el orbe
en condiciones iguales,
porque siendo un animal,
soy también dos animales.

4) Come carne cruda,
sabe bien maullar;
con sueño comienza
suave a ronronear.

5) Su pelo es sedoso,
largos sus bigotes
y ratón persigue
por viejos rincones.

6) Tiene muy grandes bigotes,
sabe contento maullar;
es terror de los ratones
y le gusta irse a pasear.

7) Maúlla contento
paseando en las noches
y cruza las calles
con pasos veloces.

8) Cuando está contento te
sigue, haciendo: run... run...
Cuando está enojado,
saca las uñas y hace fú... fú...

9) Para lavarme, no uso
agua clara, ni jabón
y quedo tan limpiecito
como copo de algodón.

10) Si piensas bien dirás cuál
es dos veces animal.

11) Tú, sin tantas pretensiones,
responde esta inquisitiva:
¿Cuál es la trampa más viva
capaz de cazar ratones?

ENRAC Y OTAG

1) Tontolón está colgando,
tintilín lo está mirando;
si tontolón se cayera
tintilín se lo comiera.

ODIMEG

1) ¿Qué es invisible cosa
que al nacer hace ruido,
sale del hoyo y huido
va a morir a la fosa?

EMRADNEG

1) Jugando con el garrote,
al que hace dar maromas;
si a la esquina asomas,
lo puedes ver paradote.

AÍFARGOEG

1) Me comparan a un viajero
que es observador sin par,
y sus viajes al narrar
nos describe el mundo
entero.

AÍGOLONORC Y
AÍFARGOEG

1) Somos ojos de la Historia,
y ésta es nada sin las dos;
de nosotros van en pos
el talento y la memoria.
Nuestra fama es bien notoria,
nuestro objeto bien distinto,
y un oscuro laberinto
sin nosotras, es la Historia.

ANIRDNOLOG

1) En el corredor de casa,
llegando la primavera,
hace su nido, de lodo,
una avecita viajera.

2) Es una avecita
de pardo color,
que se va en invierno
buscando calor.
Cuando es primavera
regresa de nuevo,
a hacer su nidito
bajo del alero.

3) Con lodo y pajitas, sin ser
albañil, hago la casita
donde he de vivir.

4) Se va de viaje
cuando hace frío
y en primavera
vuelve al nido.

5) Soy un pájaro albañil
que con lodo hago mi nido;
siempre llego en primavera
y en otoño me retiro.

AMOG

1) La primera sílaba di,
y a una nombrarás,
es la primera y segunda
algo de agua que no es mar,
la tercera y la primera
es aquella que hace mal,
y todo es, lo que no es palo
y sirve para pegar.

OTIUQSOM
Y OJOGROG

1) ¿Cuáles son dos animales
que son de un cuerpo
y medida,
aunque en conservar la vida
parecen muy desiguales?
Uno vive sin comer
continuamente bebiendo,
el otro siempre comiendo
sin jamás gota beber.

ATOG

1) En piedras hago señal
de ricos, azote he sido,
y tiéneme por mal
mi dueño, que está corrido
cuando yo le trato mal.

AIVULL ED SATOG

1) Chipi, chipi, chipi,
hacemos al caer;
si no traes tu paraguas,
mojado te has de ver.

SOID ED AICARG

1) ¿Cuál es la piedra preciosa
de todos tan estimada, que
sin ser ella engastada no vale
el engaste cosa; y el maestro
se disculpa con razón que es
bien que baste, pues no tiene
de él la culpa sino sólo
del engaste?

ADANARG

1) ¿Cuál es la fortaleza
toda llena de soldados,
de vestidos colorados,
sin huesos y sin cabezas,
de real insignia adornados?

2) A un convento de
monjas fui
y entre celdas y celdas vi
unas telas delicadas; ni son
tejidas ni son bordadas sino
por el mismo Dios criadas.

3) De una fruta soy el nombre
y el de ibérica ciudad,
do gran reina vio acabar
de los Moros el renombre.
Soy también, aunque os
asombre,
un objeto destructor,
de las vidas segador,
inventado por el hombre.

4) Entre mil y mil y mil
hay un velo muy sutil,
tiene color encarnada
y se puede regalar
al mismo rey de Granada.

5) Fui a la iglesia
subí una grada,
volteé para atrás
y no vi nada.

6) En una prisión encerradas,
entre matrimoniales velos,
verás pepitas encarnadas,
ya juntas, ya separadas;
ruborizadas de celos.

7) En un cuarto muy oscuro
cardenales vi entrar,
todos con gran apretura
y cada uno en su lugar.

8) Soy señora de corona,
cuatrocientos hijos tengo
y con la cola los mantengo.

9) En un convento cerrado
hay un sin fin de monjitas
vestidas de colorado.

(SANIHC SADANARG)
OCOM ED ADANARG

1) Ábrete las cajitas,
cómete los moquitos,
chúpate las pepitas
y déjalos peloncitos.

ZÍAM ED SONARG

1) Unas vacas blancas,
se echan y se levantan.

OZINARG

1) ¿Cómo se llaman esas
bolitas que desde el cielo
vemos caer, blancas y duras
frías y bonitas y que las hojas
suelen romper?

2) Aunque soy lindo y muy
blanco y del cielo caigo
siempre, a las plantas las
maltrato porque las golpeo
muy fuerte.

3) En el cielo me he formado,
blanco, redondo y helado;
caigo como caniquita
y voy contento botando.

OLLIRG

1) El bichito cucurumete
abre la puerta y se mete,
tiene corona y no es dorado,
tiene cerquillo y no es licenciado,
hace tinajas y no es alfarero,
está tiznadillo y no es carbonero,
y de noche toca el arpa
y pasa el río sin barca.

2) Soy un negrito muy pillo
que canto y me escondo
y me llamo...

3) Soy un animalito
que canta muy bonito;
de noche me acompaño
con mi violincito.

4) Soy insecto que canta
en las noches estivales;
y joyas que usar debieran
muchos de los criminales.

OIRAIDISERP ED
SOLLIRG

1) ¿Quién es el que a su pesar
mete sus pies en los ojos,
y sin causarle enojos
los hace luego cantar?
El sacarlos es de gusto,
aunque a veces quien los saca
no sólo su mal no aplaca,
mas cobra mayor disgusto.

AYAMACAUG

1) Soy chaparra de nación,
verde, color de verano;
y por castigo de Dios,
el pie me sirve de mano.

ETOLOJAUG

1) Prieto, cabeza colorada,
por delante y por detrás,
y granosa la papada;
de rodillas hacia atrás,
escobeta y cola parada.

2) Patio barrido
patio regado
sale un viejito
muy esponjado.

3) Tengo dos alas,
patas y pico
y abro mi cola
como abanico.

LIHCÚMAUG

1) Los perros dicen: gua,
las vacas dicen: mu
y los pajaritos dicen: chil, chil.

EHCOGNAUG

1) Guango me llamo
y me apellido che.

SETNAUG

1) En las manos de las damas
casi siempre están metidos,
unas veces arrugados,
muchas veces estirados
y otras muchas encogidos.

2) Cuando el otoño agoniza
salen uno y otro hermano
y, por más que tengan prisa,
cada cual busca su mano.

ABAYAUG

1) Fui a la plaza, toqué una
puerta; salió el perrito,
me dijo: gua, gua;
que salió la criada
y me dijo: Allá va.

2) En una ventana
está una chamaquita
y pasa un perro
y le dice: gua, gua.

3) De perro es su primera,
de tiempo es su segunda
y de ir es su tercera;
y todo el que la quiera:
boluda, pecosa,
pepona y olorosa...
se come la cosa.

AAREUG

1) Soy la que engendrada fui
de la ambición bestia fiera;
a mil reinos destruí,
y es mi furor de manera
que hasta el cielo me atreví.

ARRATIUG

1) Un lazo en mi vientre ves,
voces doy muy entonadas,
mas de animales prestadas
tengo un puente a mis pies,
cejas negras y estiradas.

2) En un cuarto muy oscuro
estaba un muerto y un vivo,
el muerto le dijo al vivo:
—Ráscame el ombligo.

3) Una vieja, tonta y loca,
con las tripas
en la boca.

4) Ave de las más cantoras,
tiene formas de mujer
y voces encantadoras
si la hacen estremecer.

5) Tengo boca, mas no
lengua,
fino talle y dos barrigas,
y sólo soy bulliciosa
cuando me rascan las tripas.

6) Una vieja tin ti loca,
con la barriga en la boca;
tan pronto como la tocas,
sus melodías provocas.

7) Adivina, adivina;
tocándola se le llena
de musiquita la panza.

OLLICNOIRROG

1) Soy café,
pecho amarillo
y en el árbol
tengo el nido.

ADES ED ONASUG

1) Un gracioso animalito
me dio el hilo de esta tela,
¿sabes tú cómo se llama?

2) Soy pequeñito,
trabajador,
tejo un capullo
que es un primor;
con hilo fino
de pura seda
con la que tejen
bonita tela.

H

ABAH

1) Haba, habanera,
con tanta cabeza,
se quita la toca
para ir a la misa.

AHCAH

1) En el monte ladra
y en casa calla.

2) Soy blanda, cuadrada y yerta,
y es muy cierto que mi ser
consiste en estar bien muerta,
que viviendo es cosa cierta
ser fácil de fenecer.

3) En la punta de aquel cerro
tengo una chiva comiendo,
alza la cabeza y dice: ¡qué
chula me estoy poniendo!

ACAMAH

1) Mi tío Juan va,
mi tío Juan viene;
mi tía Mariquita
tirante lo tiene.

ERBMAH

1) ¿Cuál es la que andando
desmaya,
no gasta ni manto ni saya,
a todos nos pone en afrenta
y en matándola
queda contenta?

2) Hembra soy, flaca y doliente,
bajo a las veces del cielo,
y al que me resiste suelo
darle muerte fácilmente;
y si la doy de valiente
con quien combatiendo estoy,
de la suerte que le doy
así me mata y destruye
quien de cobarde me huye;
bien claro he dicho quién soy.

3) ¿Quién es una cosa
que desmaya,
estando muy viva al hombre,
poniendo su vida a raya?
Si la mata, pierde el nombre
o hace que luego se vaya.

4) Llevo todos los miembros
carcomidos, marchitos,
tristes, sin color y yertos;
de la pobreza y desnudez
vestidos, en ansia vivos, en
aspecto muertos:
en dos cavernas lóbregas
metidos los ojos,
y los huesos descubiertos,
las cuerdas encogidas, y las
venas vacías de sangre, de
flaquezas llenas.

5) ¿Quién es aquel que si se
le mata no está contento?

6) Adivina, adivinanza: ¿cuál
es el bicho que pica la panza?

SANAMREH

1) Aunque el hombre
ha sido creado
a semejanza de Dios
igualársele no puede
y es desde luego inferior.
A pesar de esto, tiene algo
que Dios no puede tener;

ya que eres buen adivino
¿podrás decirme qué es?

ORERREH

1) Con su yunque y su martillo
hace cosas primorosas;
junto al fuego lo miramos,
con su piel muy sudorosa.

OLEIH

1) Tanto como en invierno
es objeto aborrecido,
es en verano querido
buscando con afán tierno,
reservado y aplaudido.

2) Idéntico fui al humo,
luego líquido corriente;
cambióme una racha fría
sólida y transparente.

3) Sube al cerro, baja al agua
y se hace escandaloso.

OPORTÓILEH

1) Mis flores son moradas
y perfumadas, y se dan en
ramitos amontonadas.

OGIH

1) Blanco fue mi nacimiento,
y colorado mi vivir,
y negro me estoy volviendo
cuando me toca morir.

2) Desde los tiempos de
Adán,
motivo fue del pecado
que allá en el paraíso
él con Eva hizo.
Por dentro es colorado,
—donde tiene la pepita—
y prieto por el gabán
pero de piel muy lisita.

3) Yo te digo,
tú no me entiendes;
tienes la panza
llena de liendres.

4) En un pozo
estaba un viejo,
con la panza
llena de liendres.

ATEIN Y ERDAM, AJIH

1) Dos madres con sus dos hijas
para salir a la calle,
llevan puestas tres mantillas
sin que a ninguna le falle.

OLIH

1) Lo cojo, lo chupo,
lo afilo, lo mojo,
y se lo meto en el ojo
si es que le cupo.

2) Una culebra culebreando,
con las tripas arrastrando.

ERBMOH

1) Es animal de dos pies
que en un tiempo anduvo
en cuatro,
que si sigue en su teatro
tendrá que marchar en tres.

2) Cimiento sobre cimiento
atrás del cimiento una caja,
atrás de la caja dos luces,
atrás de las luces un monte
después los leñadores.

3) Soy animal que viajo:
de mañana a cuatro pies,
a mediodía con dos
y por la tarde con tres.

SOLLIRG NOC ERBMOH

1) ¿Quién es el que a su pesar
mete sus píes en los ojos,
y sin causarles enojos
les hace luego cantar?
El sacarlos es de gusto,
aunque a veces quien los saca
no sólo su mal no aplaca,
mas cobra mayor disgusto.

OGNOH

1) Tengo un palito
con sombrerito.

2) Debajo una mata se oculta
Juan Bola, enorme el
paraguas y una pata sola.

3) Debajo de un gran sombrero
sostenido en una pata,
pensando en el cocinero
lo meten en una lata.

ARNOH

1) ¿Cuál es un fuerte animal
que es, si le arrastran, cobarde?
Hace al que le teme mal;
quien le busque, no le aguarde,
sigue a quien no hace caudal.

2) Me comparan a un cristal,
que si se empaña una vez,
la mancha o la palidez
se lavan luego muy mal.

SAGIMROH

1) Muchas damas en un agujero
y todas vestidas de negro.

2) ¿Qué cosa es aquella o cuál
que por su mal le nace lo que
no tiene y con esto es hecho
igual al animal que en los
aires se mantiene? Vive de
ajeno sudor y sin temor hurta
lo que bien le place y nadie,
que es lo mejor, ha dolor del
gasto que ésta le hace.

3) En un mismo caminito
mil damas vienen y van,
muy de prisa, muy de prisa,
se saludan al pasar,
y aunque todas muy violentas
van corriendo en el camino
ni hacen polvo en su carrera,
ni levantan remolinos.

4) A veces negritas,
a veces güeritas,
en hoyos prietos
entran y salen
o vienen y van;
ya están en aprietos
o en busca de pan.

5) En hileras, bien formadas,
bulliciosas se les mira,
afanosas ir buscando
por doquiera su comida.

6) Activas y trabajadoras,
llevan el grano a su granero;
y todo lo que ellas encuentran
lo cargan hasta su
hormiguero.

7) Una tras de otra,
bien formaditas,
salen a buscar
su comidita.

8) Un palacio con bodegas
bajo el cielo fabricamos;

mientras hay sol, trabajamos
y en las noches descansamos.

9) Van y vienen y por el
caminito no se entretienen.

SAROH

1) Somos doce hermanas
grandes y pequeñas,
no usamos zapatos,
pero usamos medias,
hotel no tenemos,
pero la pasamos
de prisa, de prisa,
siempre dando cuartos.

2) Doce señoritas en un
corredor, todas tienen medias
y zapatos no.

3) Veinticuatro hermanas,
unas mueren puras...
unas mueren claras,
otras, oscuras.

SACROH

1) Sin cuerpos tenemos pies,
y en un lugar siempre estamos,
grande ejemplo y miedo
damos, porque nos cubre un
través con que a muchos
despeñamos.

OYOH

1) ¿Qué cosa será, y es de
entender, que cuanto más le
quitan más grande es?

LAC ED ONROH

1) Decidme: ¿cuál es la fragua
que se enciende con el agua
y se mata con aceite?

OTAPAZ ED AMROH

1) Si él está, ella no está,
pero, puede aparecer
tan pronto como él se ha ido;
si es que al usarlo,
te molesta o te ha dolido,
su misión no se ha cumplido.

OVEUH

1) Camisón sin costura,

bobilisca,
aciértamelo, tontilisca.

2) Son una capita blanca
de una blancura sin par,
y aunque abrirme saben todos,
nadie me sabe cerrar.
Aunque abundo por doquiera
y no causo admiración,
en una ocasión solemne,
célebre me hizo Colón.

3) Es su madre tartamuda,
es su padre buen cantor,
tiene él vestidito blanco
y amarillo el corazón.

4) Vengo de padres cantores
y aunque yo no soy cantor,
llevo los hábitos blancos
y amarillo el corazón.

5) Desde los tiempos de Abel,
que fue hijo de Adán,
aún alegando están,
y es discusión padre,
lo del pelón aquél:
si a él lo parió su madre,
o a su madre lo parió él.

6) Gallina o mujer de pato,
lo parió pero sin pies,
y un marino genovés
lo sacó del anonimato,
parándolo por un rato
por el rabo en vez de pies.

7) Lo pone la gallina,
es blanco y muy sabroso;
yo diario, tibiecito,
con gusto lo como.

8) Cajita blanca,
de una blancura sin par,
que todos la saben abrir,
pero nadie la sabe cerrar.

9) Tengo una casita,
bien blanqueadita,
que no tiene puerta,
ni ventanitas.

10) Vengo de una tierra
morena, traigo mi padre
cantor, con su capotito
blanco y amarillo el corazón.

11) Entre cajón y cajilla
tengo una cuenta amarilla,
y si me la adivinas,
te doy mi caballo con silla.

12) Una botellita de pompón,
no tiene ni chupa, ni tapón.

ATIMUH

1) El vestido por camisa,
y la carne bien molida;
y con los huesos bien cosida,
preciso es comerme aprisa.

OMUH

1) Alto como un pino
pesa menos que un comino.

2) Tengo un padre luminoso,
siempre me voy de su lado;
me obsesionan las alturas
si del viento me he salvado.
Aunque mi padre es querido,
sufro desprecio y desdén;
los hombres no me toleran;
si los ataco, no me ven.

3) Con ilusión aparece
y pronto se desvanece.

SOSUH

1) Por el aire van volando
dos pulidos caballeros,
el uno muy bien vestido,
el otro desnudo, en cueros;
una dama los prendió
con solo echarles un nudo,
y al vestirlo desnudó
para vestir al desnudo.

2) Dos galanes muy ufanos
se pasean por el viento;
el uno rico y galán,
el otro pobre y hambriento.
El rico se desnudó
para vestir al desnudo,
y una mujer lo vistió
con tan sólo echarle el nudo.

3) Maravilla, maravilla.
¿Qué será?
Bailando pasa la noche
y amanece embarazado.

Bibliografía

Adivinanzas para todos, Colección Adelita, Editorial Impresos Mexicanos Gomygar, S.A., México, 1976.

Alzola, Concepción Teresa, *De folklore del niño cubano*, tomo l, Universidad Central de las Villas, Santa Clara, 1961.

Beutler, Gisela, *Adivinanzas españolas en México*, Editor Wilhem Laver, Wiesbaden, 1979.

Beutler, Gisela, "Enigmas y Adivinanzas" en *Homenaje a Fernando Antonio Martínez*, Estudios Lingüísticos, Filológicos, Literatura e Historia Cultural, Publicaciones del Instituto Caro y Cuervo XIVIII, Bogotá, 1979, p. 247.

Calderón de la Barca, Madame, *La vida en México*, 4a. edición, Colección "Sepan cuántos..." México, 1974.

Calderón Hernández, Mario, *Cuentos, refranes, adivinanzas y palabras de uso común de El Timbinal, Guanajuato*, tesis, UNAM, México, 1980.

Calderón Hernández, Mario, "Adivinanzas encontradas en El Timbinal, Guanajuato", en *La revista del Colegio de Bachilleres*, (abril-junio), 1981, núm. 9, pp. 127-152.

Campos, Rubén M., *El folklore literario de México*, SEP, Talleres Gráficos de la Nación, México, 1929.

Cervantes de Salazar, Francisco, *Túmulo Imperial*, Colección "Sepan cuántos..." Editorial Porrúa, México, 1963.

Corominas, Joan, *Diccionario crítico etimológico de la lengua castellana*, Gredos, Madrid, 1959.

Cotona, Juan de la, *100 adivinanzas picarescas*, Editorial Gómez Hermanos, México, 1977.

Cotona, Juan de la, *100 adivinanzas rancheras*, Gómez Hermanos Editores, México, 1976.

Cruz, Sor Juana Inés de la, *Obras completas*, Vol. I, Lírica personal, Fondo de Cultura Económica, México, 1951.

Díaz Roig, Mercedes, *El romancero y la lírica popular moderna*, Serie de estudios de lingüística y literatura III, El Colegio de México, México, 1976.

Real Academia Española, Diccionario de la, tomo 3, 19a. edición, Editorial Espasa-Calpe, S.A., Madrid, 1970.

Ducrot, Oswald, y Todorov, Tzvetan, *Diccionario enciclopédico de las ciencias del lenguaje*, 8a. edición, Siglo veintiuno editores, México, 1983.

Elecar, E. y C., *El libro de las adivinanzas*, Editorial Bell, S.A., Buenos Aires, 1973.

El libro de las adivinanzas, Medina Hermanos, S.A., México, s. f.

González, Luis, "El período formativo", en *Historia mínima de México*, 4a. reimpresión, El Colegio de México, México, 1979, p. 108.

Grimes, Larry, *El tabú lingüístico*, tesis para el doctorado en Lingüística hispánica, Centro de Estudios Lingüísticos y Literarios, el Colegio de México, México, 1971.

Guiraud, Pierre, *La semántica*, FCE, Breviarios, No. 153, México, 1971.

Imbelloni, J., *Folklore Argentino*, Editorial Nova, Buenos Aires.

Jáuregui, A.L., *Adivinanzas infantiles*, Avante, México, 1977.

Lázaro Carreter, Fernando, *Diccionario de términos filológicos*, Biblioteca Románica Hispánica, Gredos, Madrid, 1977.

Mendieta y Núñez, Lucio, *Valor sociológico del folklore, y otros ensayos*, UNAM, México, 1949.
Metre, Ladislao, *Las mejores adivinanzas*, Medina Hermanos, S.A., México, 1977.
Montes de Oca, Francisco, *Teoría y técnicas de la literatura*, 8a. edición, México, 1983.
Serradel, Luz María, *Adivina, adivina*, México, 1961.
Zárate, Manuel F., *Breviario del folklore*, Departamento de Bellas Artes y publicaciones del Ministerio de Educación, Panamá, 1958.

Índice

Introducción 7
Sobre el folclore 12
Sobre la adivinanza 17
Análisis de la adivinanza 27

A 37
B 63
C 75
D 115
E 122
F 134
G 138
H 147

Bibliografía 155

El gran libro de las adivinanzas. A-H,
de Mario Calderón,
fue impreso y terminado en septiembre de 2014
en Encuadernaciones Maguntis, Iztapalapa,
México, D. F. Teléfono: 5640 9062.